MAXIM WAHL

Stürmische Weihnacht in Cornwall

rütten & loening

Hinter MAXIM WAHL verbirgt sich ein deutscher Bestsellerautor, der mit seinen zahlreichen Romanen auch international Aufmerksamkeit erregte. Für seine Stoffe sucht sich Maxim Wahl am liebsten große Schauplätze der europäischen Geschichte. Er lebt in Berlin und London.
Im Aufbau Taschenbuch sind bisher »Das Savoy. Aufbruch einer Familie«, »Das Savoy. Schicksal einer Familie« und »Das Savoy. Geheimnisse einer Familie« erschienen.

Auf einer Gezeiteninsel vor der Südküste Cornwalls im Dezember 1899: Das 20. Jahrhundert steht vor der Tür, und die sechzehnjährige Virginia, Tochter des Earl Trevelyan und Erbin von St. Michael's Mount, ist überzeugt – das wird ihr Jahrhundert. Doch so kurz vor Weihnachten und dem großen Fest, das auf dem Schloss gefeiert werden soll, geht alles schief, was nur schiefgehen kann. Als in einer Sturmnacht ein sagenumwobener Schlussstein, in dem der Legende nach ein Diamant versiegelt sein soll, entwendet wird, weiß die junge Countess nicht mehr, wem sie vertrauen kann. Etwa dem geheimnisvollen jungen Butler, der plötzlich bei ihnen aufkreuzt? Lady Virginia fühlt sich immer mehr zu Charles Kindheart hingezogen, doch warum ist dieser ausgerechnet jetzt nach St. Michael's Mount gekommen?

MAXIM WAHL

Stürmische Weihnacht in Cornwall

ROMAN

rütten & loening

MIX
Papier aus verantwortungsvollen Quellen
FSC® C014496

ISBN 978-3-352-00954-9

Rütten & Loening ist eine Marke
der Aufbau Verlage GmbH & Co. KG

1. Auflage 2021

Einbandgestaltung www.buerosued.de, München
unter Verwendung eines Bildes von
© Andrew Turner / Getty Images
Gesetzt durch Greiner & Reichel, Köln
Druck und Binden GGP Media GmbH, Pößneck
Printed in Germany

www.aufbau-verlage.de

EINS

Virginia sah in den Spiegel, Papas Geschenk zu ihrem fünfzehnten Geburtstag. Er wirkte so kostbar wie eh und je, nur das Silber war matt geworden. Auch die Reflexion hatte sich verändert, das musste sie zugeben. In wenigen Tagen feierte Virginia ihren hundertsten Geburtstag.

Für eine beinahe Hundertjährige war sie ungewöhnlich aufgekratzt, sie zappelte regelrecht. »Du musst schon ein bisschen schneller fahren«, sagte sie zu ihrem Enkel Timmy.

Virginia hatte neun Enkel, und es gab bereits einige

Urenkel. Timmy war ihr Lieblingsenkel, weil er als Einziger immer Zeit für sie hatte. Virginias Kinder waren im Rentenalter und schwer aus ihren Fernsehsesseln hochzukriegen. Die übrigen Enkel tummelten sich wichtig und tüchtig durchs Leben. Sie liebten ihre Großmutter, erfanden aber jedes Mal prima Ausreden, weshalb sie nicht zu Besuch kommen konnten. Timmy dagegen nahm sich die Zeit. Er und Virginia waren aus demselben Holz geschnitzt. Er spürte, wenn seiner Großmutter etwas wichtig war, deshalb hatte er sofort zugestimmt, sie nach St. Michael's Mount zu fahren, in das Schloss, in dem sie geboren war. Zu ihrem Hundertsten wollte sie diesen sagenumwobenen Ort noch einmal wiedersehen.

»Ich kann nicht schneller fahren.« Vorsichtig steuerte Timmy den Vauxhall Senator, Baujahr 1973, über den schmalen holprigen Weg. Der Wagen hatte zehn Jahre auf dem Buckel, aber einen neuen konnte sich Timmy nicht leisten. »Wenn ich auf dem Kopfsteinpflaster mehr Gas gebe, bricht mir die Hinterachse durch.«

»Wenn du nicht wenigstens einen kleinen Zahn zulegst, werden wir die Insel nicht erreichen«, erwiderte Virginia gut gelaunt.

»Was redest du denn, Nana? Sie liegt doch direkt vor uns.«

»Du kennst Cornwall nicht, Timmy. Was vor einem liegt, ist manchmal ferner, als man glaubt.«

»Was soll das heißen?«

Virginia brauchte ihre Worte nicht zu erklären, das tat die Flut für sie. St. Michael's Mount war eine Gezeiteninsel vor der Südküste Cornwalls. Vom Dorf Marazion aus fuhr man an den Strand, wo eine dreihundert Jahre alte Steinstraße trockenen Fußes auf die Insel führte – zu bestimmten Tageszeiten. Bei Ebbe herrschte reger Verkehr zwischen St. Michael's und dem Festland. Die Touristen kamen in Scharen, überquerten die Straße zu Fuß und besichtigten das Schloss. Einer Neunundneunzigjährigen durfte man natürlich nicht zumuten, mehrere hundert Yards über holperige Granitblöcke zu laufen. Daher brachte Timmy sie im Auto hinüber.

Die Flut kam überraschend schnell.

»Was, was, was ist das?«, rief er, als der Weg vor ihnen im Meer versank. Das Wasser stieg bereits an den Reifen hoch. Timmy hielt an.

»Das, mein Lieber, ist St. Michael's Mount.« Virginia lachte.

»Und was machen wir jetzt?« Er öffnete die Fahrertür. Die Radkappen waren zur Hälfte verschwunden.

»Wir warten, bis sich die Flut zurückzieht.«

»Wir warten – mitten im Meer? Und was ist, wenn das Wasser den Motorblock überflutet, wenn es zu uns hereindringt?«

»Wir haben die tiefste Stelle noch nicht erreicht«, beruhigte ihn Virginia. »Alles, was wir brauchen, ist Geduld.«

»Wie lange?«

»Ungefähr drei Stunden.«

»Drei …?!«

»Ich habe dir gesagt, dass du schneller fahren sollst.« Virginia lehnte sich zurück und spielte mit dem Anhänger ihrer Kette.

Timmy stellte den Motor ab. »Und was tun wir so lange?«

»Wir genießen die Aussicht auf mein wunderbares Schloss.«

»*Dein* Schloss?«

»Das war es einmal, oder sagen wir, es hätte mein Schloss werden können, wenn mein Vater …« Virginia tat einen tiefen Atemzug. »Wenn ich meinem Vater von Anfang an die Wahrheit gesagt hätte.«

Timmy warf einen ängstlichen Blick aus dem Fenster. Tatsächlich schien die Flut nicht mehr höher zu steigen. »Du hast mir nie besonders viel von deinem Vater erzählt.«

»Weder dir noch sonst jemandem.« Virginias Blick schweifte zu den Festungsmauern. »Mein Vater war der 19. Earl of Laureal. Seit dem 17. Jahrhundert befand sich dieser Berg im Meer im Besitz meiner Familie.« Plötzlich sah sie ihren Enkel mit wundem Blick an, Tränen der Erinnerung drängten in Virginias Augen.

»Entschuldige, Nana, ich wollte dich nicht aufregen. Möchtest du mir nicht erzählen, was damals passiert ist?«

»Das ist jetzt vierundachtzig Jahre her.«

»Ich verstehe. Eine wahnsinnig lange Zeit. Erzähl mir einfach, woran du dich erinnerst.«

Sie musterte ihn mit jenem strengen Blick, vor dem er schon als Kleinkind Respekt gehabt hatte. »Es wäre nett, wenn du mich ausreden lässt. Es ist vierundachtzig Jahre her, aber ich rieche immer noch das Bohnerwachs, mit dem die Diener unsere Böden eingelassen haben. Ich sehe die Eisvögel den Ostturm anfliegen, wo sie im Frühling ihr Nest bauten. Ich höre den Bumms noch genau, mit dem mein Vater jeden Morgen die Kanone abgeschossen hat.«

»Eine Kanone? Wozu?«

»Als Begrüßung.«

»Wen hat er begrüßt?« Timmy löste den Sicherheitsgurt.

»Den neuen Tag. An jedem Morgen. Wenn die Leute in der Umgebung dieses Geräusch hörten, wussten sie, dass die Welt noch in Ordnung war. St. Michael's Mount wurde damals die *Kathedrale zu den vier Winden* genannt. Und das war sie. Bei Gott, das war sie.«

»Macht die Tür zu!«, rief Sir Thomas Trevelyan, der 19. Earl of Laureal. »Es fliegen einem ja die Haare vom Kopf.«

Januar war der Eismonat, Februar der Nebelmonat, aber Dezember galt als der Monat der Stürme auf St. Michael's. Die Fenster mit ihren dünnen Scheiben in den Bleifassungen hielten zwar den Frühlingswinden stand, doch gegen die Stürme des Dezembers erwiesen sie sich als nutzlos. Sir Thomas konnte rufen, so oft er wollte, man solle die Türen schließen, das änderte nichts daran, dass der Wind durch die Ritzen pfiff. Sobald jemand eine Tür ins Freie öffnete, hielten die Dienstmädchen ihre Schürzen fest, und die Diener hatten ihre liebe Mühe, die erloschenen Kerzen neu anzuzünden.

Virginia liebte es, wenn ihr Rock im Wind flatterte, wenn das lange Haar um ihr Gesicht wehte, wenn die Finger nach wenigen Minuten auf dem Ostturm so klamm waren, dass sie das verrostete Türschloss kaum aufbekam. Für sie war der Dezember die Zeit, in der sich die ganze Insel auf Weihnachten vorbereitete. Einer alten Tradition zufolge luden die Trevelyans ihre Pächter und Lehensbauern, die das Land rundum bewirtschafteten, zur Weihnachtsfeier in den Schlosssaal ein.

Zu keiner Zeit des Jahres gab es so viel zu tun. Das Personal schuftete von früh bis spät, und auch sie als Tochter des Hauses packte mit an. In diesem Jahr musste alles noch schöner, noch heller und glitzernder werden, schließlich begrüßten sie in wenigen Tagen das neue Jahrhundert. Das gesegnete 20. Jahrhundert stand vor der Tür. Virginia hatte vor, es zu ihrem Jahrhundert zu machen. Sie war sechzehn, Herrgott, so viele glorreiche Jahre lagen noch vor ihr.

»Tür zu!«, wiederholte der Lord.

Die Diener waren dabei, den Lunch zu servieren und sahen sich daher nicht zuständig für die Türen. Lionel Patters, der Chefbutler auf St. Michael's, der bereits Lord Trevelyans Vater gedient hatte, erledigte es persönlich. Niemand kannte das Alter von Patters genau, er musste weit über achtzig sein. Im Schloss nannte man ihn den *Fahnenmast*, weil er sich immer so steif aufrecht hielt. In den letzten sechzig Jahren war er keinen einzigen Tag krank gewesen. Ihm entging nichts, er bestrafte Nachlässigkeit streng, aber fair.

»Verzeihen Sie, Mylord«, sagte Patters, nachdem er die Tür geschlossen hatte.

»Schon gut.« Hastig löffelte Sir Thomas seine Suppe. Die anderen mussten sich ranhalten, denn sobald der Lord fertig gegessen hatte, wurden sämtliche Teller abgeräumt. »Ist Hailsham schon eingetroffen?«, fragte er.

»Seine Gnaden werden erst zum Dinner erwartet«, antwortete Patters. »Er hat wohl die Ebbe verpasst, wollte sein Gepäck aber nicht auf das Fährboot umladen und wartet daher in der Taverne auf den Gezeitenwechsel.« Patters gab das Zeichen, dass der Hauptgang serviert werden sollte.

Virginia spitze die Ohren. »Freddie kommt?«, rief sie quer über den Tisch. »Freddie kommt zu uns?«

»Er ist sozusagen meine erste Weihnachtsüberraschung für dich«, lächelte Sir Thomas. »Der Duke of Hailsham bleibt über die Feiertage bei uns.« Er ließ sich zwei Stück Roastbeef auftun.

»Herrlich, ach, herrlich, da freu ich mich!« Virginia nahm vom Rosenkohl. »Freddie ist der Einzige, mit dem man die Insel bei Sturm umrunden kann, ohne dass er gleich zu bibbern anfängt.« Ein gewitzter Blick zur Seite. »Ganz anders als meine Schwester, die den Wind auf St. Michael's nicht erträgt.«

»Sportliche Unternehmungen dieser Art überlasse ich gerne dir«, entgegnete Moyra Trevelyan mit ihrer rauchigen, stets ein wenig heiseren Stimme.

»Man darf Moyras angegriffene Lungen nicht auf die leichte Schulter nehmen«, sprang ihr Ehemann Ethelred bei.

»Danke, mein Lieber.« Moyra tätschelte seine Hand und schenkte Virginia einen mitleidigen Blick. »In deinem Alter kennt man die Tücken des Körpers noch nicht. Dieses Klima und unser zugiges Schloss haben mich krank gemacht. Ich hoffe, dass du es nicht eines Tages bereust, mich verspottet zu haben.«

»Aber ich verspotte dich doch nicht.« Die herben Worte der Schwester schüchterten Virginia ein.

Sir Thomas wollte den Frieden am Mittagstisch wiederherstellen. »Du freust dich also, dass der Duke uns die Ehre gibt?«

»Und ob ich mich freue!« Virginia sprang auf. »Ich will mal sehen, ob die Flut zurückgeht. Vielleicht ist Freddie bereits auf dem Weg.«

»Du isst erst mit uns zu Ende«, gebot der Lord. »Danach darfst du ihn willkommen heißen.«

»Das mache ich!«, lachte Virginia. »Ich renne Freddie entgegen.«

»Du rennst nicht, du eilst ihm bestenfalls entgegen«, schmunzelte der Vater. »Die Countess of Laureal ist gar nicht imstande, zu rennen.«

Fröhlich schaufelte Virginia Rosenkohl und Kartoffeln in sich hinein. Der wunderbare, der lustige, der einfallsreiche Freddie, Duke of Hailsham, kam zu ihnen aufs Schloss. Das würden herrliche Feiertage werden. In ihrer Vorfreude bemerkte Virginia den besorgten Blick nicht, den der alte Patters ihr zuwarf.

ZWEI

Das Ungeheuer von Cormoran?« Alfred Malffay Duke of Hailsham, Herzog von Somerset und Pool sah ein wenig wie ein Italiener aus. Schwarzes Haar und blaue Augen, das war der Inbegriff männlicher Schönheit, zumindest für Virginia.

»Du hast also davon gehört, Freddie?«

Da sie bis zum Dinner noch Zeit hatten, unternahmen Virginia und der Duke einen Rundgang durch das Schloss. Sie begannen in der Hauskapelle mit dem berühmten Rosenfenster. Der Duke bekreuzigte sich. Virginia senkte die Stimme.

»Vor langer Zeit ist unsere Familie fast ausgerottet worden«, flüsterte sie. »Das Ungeheuer von Cormoran hat sich einen nach dem anderen meiner Vorfahren geholt.«

»Wann ist das gewesen?«, fragte er leise. »Etwa, als hier noch das Kloster stand?« Weil Freddie sie um einiges überragte, musste er sich zu ihr beugen.

»Irgendwann in grauer Vorzeit.« Details interessierten Virginia nicht besonders, sie wollte über das Ungeheuer erzählen. »Eines Tages kam ein Jüngling aus dem Dorf zu uns, der hatte ein magisches Schwert.«

»Was war an dem Schwert magisch?«

»Unterbrich mich nicht dauernd. Der Jüngling gelobte meinem Urahn, das Ungeheuer zu bekämpfen.«

»Hat dein Held auch einen Namen?«, fragte der Duke zwinkernd.

Wieso machte er sich über sie lustig? Freddie war nur sechs Jahre älter als sie, trug aber nach dem plötzlichen Tod seines Vaters bereits die Bürde der Herzogskrone.

»Der Jüngling hat keinen Namen, und jetzt lass mich fertig erzählen.« Sie verließen die Kapelle. »Mit seinem magischen Schwert bekämpfte er das Ungeheuer. Es gelang ihm, die Bestie zu töten. Er schnitt dem Ungeheuer von Cormoran das Herz heraus. Mit dem blutenden Herzen in der Hand trat er vor meinen Urahn und sagte: *Dieses Herz müsst Ihr in einem Stein versiegeln, Mylord. Der Stein soll die oberste Bekrönung Eures Schlosses abschließen. Solange das Herz von Cormoran dort verwahrt bleibt, wird Eurer Familie das Glück gewogen sein, und es kann euch nichts Böses widerfahren.*«

Virginia strahlte. »Ist das nicht eine großartige Geschichte?« Hintereinander stiegen sie die Treppe hinauf.

»Was wurde aus dem Herz des Ungeheuers?«, fragte Freddie.

»Man hat es im Schlussstein versiegelt und in die Dachbekrönung eingesetzt. Und dort ist es bis heute.«

»Das Herz müsste längst zu Staub zerfallen sein.«

Sie erreichten St. Anthony's Hall, den größten Saal des Schlosses. Farbige Glasfenster schufen Licht. Die fünfzig Yards lange Decke wurde von einem Vielpassbogen-Gewölbe gestützt. Die Dienerschaft war dabei, die Weihnachtstafel, den größten Tisch in der Grafschaft, aufzubauen. In einem Stück hätte man ihn unmöglich in die Halle schaffen können. Bei jedem großen Fest musste dieser Tisch aufs Neue zusammengezimmert werden. In der offenen Feuerstelle an der Stirnseite konnte ein Mann aufrecht stehen. Noch war sie schwarz und rußig, doch während der Feiertage ging das Feuer darin nicht aus. Man verfeuerte ganze Baumstämme, die so schwer waren, dass zwei Mann sie hereinschleppen mussten. Wenn sie diese Vorbereitungen sah, freute sich Virginia auf den Anblick, wenn die Tafel sich bog von den cornischen Weihnachtsspezialitäten, der Festtagspastete, dem Lachs, in Brot gebacken, der Ente mit Honig und natürlich dem gefüllte Truthahn. Die Düfte, die dann durch die große Halle zogen, waren unverwechselbar für dieses Fest. Und von den *Cornish Cookies* konnte sie einfach nicht aufhören zu naschen.

»Ich habe eine ganz andere Geschichte gehört.« Freddie riss sie aus ihrer Vorfreude, während sie an den Handwerkern vorbeischlenderten. Vor dem Duke und der Countess zogen die Männer ihre Mützen.

»Was für eine Geschichte?« Ungezwungen hakte sie sich bei ihm unter.

»Dass das Herz nicht aus Fleisch und Blut war, sondern ein Edelstein. Er soll von unschätzbarem Wert sein.«

»Ein Schatz?«, fragte Virginia begeistert. »Wir haben einen Schatz auf unserem Dach?«

»Wieso auf dem Dach?«

»Der Stein schließt die Bekrönung ab, heißt es in der Legende. Wenn das stimmt, muss sich das Juwel im Schlussstein der Dachbekrönung befinden.«

Vor ihnen setzte ein Zimmermann den Hobel an, dass die Späne nur so flogen. Dahinter trat der alte Patters aus dem Halbschatten der Fensternische.

»Guten Tag, Patters«, begrüßte Freddie ihn leutselig. »Was macht Ihr Rheumatismus? Hat das Mittel gewirkt, das ich Ihnen empfohlen habe?«

»Danke der Nachfrage, Euer Gnaden, die Anwendung hat mir wohlgetan.«

»Ich wusste nicht, dass ihr beide euch so gut kennt«, warf Virginia überrascht ein.

»Der gute Patters gehört doch gewissermaßen zum Schlossinventar.« Beschwingt zog der Duke Virginia weiter. Der Butler sah die beiden durch die Halle verschwinden.

»Ich glaube kaum, dass man einen Schatz von solchem Wert im Dach eingemauert hat«, nahm Freddie das Thema wieder auf.

»Aber der Jüngling sagte: *Solange das Herz von Cormoran dort verwahrt bleibt, wird der Familie …*«

»*Nichts Böses geschehen*, ich weiß«, unterbrach der Duke sie. »Aber so einen Stein bewahrt man im Tresor auf und nicht unterhalb der Dachrinne.«

Im Treppenhaus, das zum Ostturm führte, blieb Virginia stehen. »Das hätte Daddy mir erzählt, wenn wir so ein Juwel besitzen sollten. Er verheimlicht mir nichts. Ich bin die Erbin von St. Michael's, vergiss das nicht.«

»Ich weiß«, nickte der Duke. »Als älteste Tochter erbt Moyra eure Ländereien in Cornwall. Aber du bekommst die Insel.«

»Moyra will fort von hier, sie hält das Wetter nicht aus. Beim kleinsten Windstoß fängt sie zu husten an. Ständig hat sie etwas. Mal ist es die Lunge, dann schmerzen ihr die Gelenke wegen der Feuchtigkeit. Manchmal glaube ich, Moyra will nur die Aufmerksamkeit der anderen auf sich ziehen.«

»Kannst du das nicht verstehen?«

»Wieso?«

»Ist dir nicht aufgefallen, was für ein außergewöhnlich reizendes Geschöpf du in den letzten Jahren geworden bist? Nicht mehr das rotznasige Kind, das auf den Felsen von St. Michael's umherklettert, sondern eine kleine Lady, eine ungemein reizvolle Lady.«

Virginia freute sich über das Kompliment, verstand aber nicht, worauf er hinauswollte. »Ja, und?«

»Fragst du dich wirklich, warum deine Schwester sich nach Aufmerksamkeit sehnt? Vor nicht langer Zeit war Moyra die Prinzessin auf diesem Schloss. Mittlerweile hast du ihr diesen Rang abgelaufen. Du bist das Schönste, was St. Michael's Mount zu bieten hat.«

So etwas Nettes hatte noch niemand zu Virginia gesagt. Verlegen suchte sie nach Worten. »Aber … aber Moyra ist verheiratet. Sie hat ihren Mann.«

»Dein Schwager? Denkst du wirklich, der steife Ethelred könnte Moyras Sensucht nach Bewunderung befriedigen? Soweit ich weiß, waren es die reichen Zinkvorkommen auf Ethelreds Ländern, die den Ausschlag für die Hochzeit gegeben haben. Moyra erbt die Manufakturen, Ethelred liefert den Rohstoff dafür. So einfach ist das.«

»Glaubst du wirklich?«

»Wie auch immer, du erbst dieses Schloss.«

»Und deshalb will ich dir noch mehr von meinem Schloss zeigen.« Über die Galerie führte Virginia den Duke zur nächsten Treppe.

»Noch weiter?«, seufzte er.

»Du sollst ihn doch sehen.«

»Wen?«

»Den Schlussstein. Ich zeige dir das *Herz von Cormoran*. Komm!« Sie lief voraus.

»Bis ganz hinauf?«

»Bis zur obersten Zinne!« Das Echo ihrer Stimme hallte durch den Treppenschacht. Als sie die Eichentür zur obersten Plattform aufstieß, fegte der Wind sie fast um. Virginia stemmte sich dagegen und eroberte den schmalen Umgang des Spitzdaches. Die Schindeln trotzten dem Wetter seit Hunderten von Jahren. Freddie blieb in der Türöffnung stehen.

»Warum kommst du nicht?« Den Blick nach oben gerichtet, lief Virginia im Kreis.

»Ich habe meinen Mantel unten gelassen.«

»Sei keine Memme!« An einem bestimmten Punkt blieb sie stehen. »Ich habe ihn!«

Die Wolken, düstere Gesellen, wurden vom Meer aufs Land getrieben und balgten sich über der

Schlossspitze. Feiner Regen fiel. Noch ein paar Grad weniger, und es würde Schnee daraus werden.

Freddie trat ins Freie. »Es regnet.«

»Ach was, das ist bloß die erhöhte Luftfeuchtigkeit.« Sie zeigte auf das Mauerwerk über ihnen. »Siehst du ihn?«

Der Duke hob den Kopf, der feine Sprühregen ließ ihn blinzeln. »Das soll der Schlussstein sein? Sieht gar nicht so besonders aus.«

»Das Besondere ist im Inneren verborgen.«

In dem Moment, als sie es aussprach, teilten sich über Virginia die Wolken. Ein Lichtstrahl ging auf das Schloss nieder, so leuchtend rein, dass beide verstummten. Der Sonnenstrahl fiel auf den grauen Schiefer, die kupferne Dachrinne mit ihrer Patina, das blonde Haar der Countess und in die blauen Augen des Duke.

»Das *Herz von Cormoran* ist noch da«, rief Virginia gegen den Wind. »Der Himmel weiß, dass es noch dort oben ist.«

Der Duke betrachtete den unscheinbaren Stein, der die Bekrönung abschloss.

DREI

Insgeheim betete jeder im Schloss, dass die alten Mauern einer solchen Gewalt standhalten mochten. Keiner schlief, jeden hatte der Sturm geweckt. Die Kammerzofen und Küchengehilfinnen, die Hausdame und die Erste Näherin lagen in ihren Betten in den Obergeschossen, die Augen ängstlich zur Decke erhoben. Wenn das Dach nur hielt! Die Valets, die Butler, auch der Schuhputzer waren aufgestanden. Sie rauchten Zigaretten und redeten über belanglose Dinge, um sich ihre Angst nicht anmerken zu lassen.

Der alte Patters hatte den bodenlangen Morgenmantel übergezogen, einen Kerzenleuchter ergriffen und geisterte durch das Schloss. Während des Sturmes war der Strom ausgefallen. Morgen früh würde jemand aus Marazion herüberrudern und den Schaden beheben. Patters prüfte, ob die Fenster und Läden richtig schlossen. Er stieg sogar in den Ostturm hoch, weil es dort eine Ecke gab, wo er Schimmel entdeckt hatte. Schimmel bedeutete Feuchtigkeit, Feuchtigkeit bedeutete eine undichte Stelle.

Virginia saß aufrecht im Bett und lauschte dem Tosen, das vielstimmig um das Schloss raste. So eine Kraft, so eine Macht hatte der Himmel. Die Burg stand nun seit Jahrhunderten auf den Fundamenten des früheren Klosters, doch eines Tages würde die Macht der Natur St. Michael's Mount ein Ende bereiten. Als kleines Mädchen war sie in Nächten wie diesen zu ihrem Vater hinübergelaufen. Das Schlafzimmer des Lords lag auf der anderen Seite des Korridors. Seit vielen Jahren schlief Sir Thomas allein. Virginias Mutter war so früh gestorben, dass ihr Antlitz in der Erinnerung der Tochter verblasste.

Sie stand auf, warf den Morgenmantel über und lief zur Tür. Virginia besann sich. Sie war schließlich kein kleines Kind mehr; irgendwann musste sie damit aufhören, zu Papa zu laufen, wenn es stürmte. Aber heute noch nicht. Das war eine Nacht, in der eine Tochter Schutz suchen durfte. Sie öffnete die Tür und prallte zurück.

»Was machst du denn hier? Bist du auch wach geworden?«

Der Duke stand im Abendanzug vor ihr. »Wer könnte bei diesem Lärm schlafen? Solche Stürme kennen wir in Somerset nicht.«

»Wieso bist du angezogen?«

»Da ich nicht schlafen kann, wollte ich lesen und war auf dem Weg in eure Bibliothek.«

»Aber …« Sie schaute den Korridor hinunter. »Aber die Bibliothek liegt auf der anderen Seite des Schlosses.«

Ein Lächeln huschte über Freddies Gesicht. »Du hast mich erwischt.«

»Wobei?«

»Kannst du dir das nicht denken?«

Sie wurde rot bei der Vorstellung, weshalb Freddie vor ihre Tür geschlichen kam.

»Ich dachte, in einer Nacht wie dieser kannst du bestimmt auch nicht schlafen.« Er trat näher. »Ich sagte mir: Wenn du unter ihrer Türschwelle Licht entdeckst, klopfst du an. Wenn es dunkel ist, gehst du weiter und holst dir ein langweiliges Buch.«

»War unter meiner Türschwelle denn Licht?« Virginias Herz begann wie verrückt zu schlagen.

»Ich konnte keines entdecken.«

Sie drehte sich um. Die Kerze brannte so schwach, dass man es von draußen wohl nicht wahrnahm. »Aber du stehst trotzdem hier.«

»Ja, ich stehe trotzdem hier.« Er trat noch einen Schritt näher.

»Ist das denn schicklich?« Ihr Herz machte einen gewaltigen Lärm.

»Das ist natürlich sehr unschicklich. Ich bin der unverheiratete Duke of Hailsham, und du bist unmündig. Obwohl wir befreundet sind, darf ich dich um zwei Uhr früh keinesfalls in deinem Zimmer besuchen.«

»Das bedeutet, du gehst jetzt in die Bibliothek, holst dir ein Buch und kehrst auf dein Zimmer zurück?«

»Das sollte ich tun.«

»Willst du das denn tun?«

»Willst du, dass ich das tue?« Er nahm ihre Hände. »Verzeih, es ist unfair, dich das zu fragen. Ich selbst muss die Entscheidung treffen. Deshalb sage ich dir jetzt besser Gute Nacht und hoffe, dass euer Schloss am Morgen noch steht, damit wir zusammen frühstücken können.«

Sie war enttäuscht. Freddie hielt zwar ihre Hände, aber er wollte nicht auf ihr Zimmer kommen. Im nächsten Moment war sie nicht mehr enttäuscht, denn er gab ihr einen zarten Kuss auf die Wange. Sie war überwältigt, überrascht und glücklich. Aber schon im nächsten Moment war sie nicht mehr überwältigt und glücklich, sondern erschrocken. Denn gegenüber hatte sich die Tür geöffnet, ihr Vater stand im mitternachtsblauen Morgenmantel hinter ihnen. Sir Thomas sah den Herzog von Somerset an der Schlafzimmertür der Countess Trevelyan. Der Duke beugte sich über die Wange der Countess. Eindeutiger konnte eine Situation schwerlich sein.

»Ich wollte nur mal nachsehen, ob sich mein Kind einsam fühlt«, sagte Sir Thomas. »Aber wie ich merke, sind Sie mir zuvorgekommen, lieber Hailsham.«

»In der Tat, Mylord.«

»Wie darf ich mir Ihren nächtlichen Besuch bei meiner Tochter erklären, Alfred?« Der Lord schnürte den Gurt seines Mantels enger.

»Mein Besuch bei Ihrer Tochter ist nur auf eine einzige befriedigende Weise zu erklären, Mylord.« Der Duke ließ Virginias Hände los, trat vor Sir Thomas und machte eine formelle Verbeugung.

»Euer Gnaden, ich höre«, sagte der Lord.

»Verehrter Lord Trevelyan, ich erlaube mir, Sie mit allem gebotenen Respekt und vor den Augen Gottes um die Hand Ihrer Tochter Virginia zu bitten.«

Sir Thomas sah dem Duke ernst in die Augen. »So ist das. So ist das also.«

Das dürfte ja nun bestimmt das großartigste Weihnachtsfest aller Zeiten werden! Nie zuvor im Leben war Virginia glücklicher gewesen. Der unvergleichliche, der großartige Freddie nahm sie zur Frau! War der Heiratsantrag seine ursprüngliche Absicht gewesen, fragte sie sich in Momenten des Zweifels, oder war er nur Freddies Ritterlichkeit zuzuschreiben, um die peinliche Situation mit Papa zu entschärfen? Aber aus Ritterlichkeit schlich man nicht vor die Tür einer jungen Dame, beruhigte sie sich dann jedes Mal, aus Ritterlichkeit küsste man sie nicht, nein, es gab nur eine Erklärung: Freddie meinte es ernst. Wie außerordentlich außerordentlich!

Beim Frühstück erfuhr sie die Nachricht zusammen mit allen anderen.

»Er muss heruntergebrochen sein«, sagte der alte Patters.

»Wie denn, heruntergebrochen?«, fragte Sir Thomas.

»Er hat sich wohl aus der Dachbekrönung gelöst, Sir, und ist in die Tiefe gestürzt«, präzisierte Patters.

»Was ist heruntergebrochen?«, fragte Virginia.

»Der Schlussstein, Countess.« Patters sah sie eindringlich an.

»Unser Schlussstein, der Stein im Ostturm?«, entgegnete sie bestürzt.

»Nicht nur das«, fügte Patters hinzu. »Er hat auch noch einen Teil der Dachbekrönung mitgerissen. Das Loch ist etwa so groß wie ein Teetablett.«

»Ein Loch im Dach?«, rief der Lord.

»Der Schlussstein?«, rief Virginia. »Wo ist das *Herz von Cormoran* hingefallen?«

»Ich fürchte, hinab ins Meer, Countess«, antwortete Patters.

»Das Herz des Ungeheuers ruht auf dem Meeresgrund?« Erschüttert hielt sie ihre Hand vor den Mund.

»Mich interessiert unser Dach weit mehr als der vermaledeite Stein.« Sir Thomas stand auf. »Patters, verständigen Sie den Dachdecker aus Mousehole.«

»Ist bereits erledigt, Mylord.«

»Und den Klempner aus …«

»Der Klempner aus Land's End ist auch unterwegs«, vervollständigte Patters.

»Mein guter Patters, wie immer zehn Schritte voraus«, rief der Lord, während er den Duke eintreten sah. »Es tut mir leid, lieber Alfred, dass Sie Zeuge unserer wetterbedingten Unannehmlichkeiten werden«, begrüßte er ihn. »Und das an einem so außergewöhnlichen Morgen.«

»Was ist an dem Morgen denn außergewöhnlich?«, fragte Moyra, die mit Ethelred bereits beim Frühstück saß.

Virginia lief an die Tafel. »Darf ich es sagen, Papa?«

»Nein, mein Kind, du darfst es nicht sagen. Das ist ein Ereignis, das ich persönlich verkünden werde. Zum richtigen Zeitpunkt, heute Abend beim Dinner. Ich habe zu diesem Zweck einige Gäste eingeladen.«

»Was gibt es denn so Wichtiges?« Auf Moyras Wangen tauchten hektische Flecken auf.

»Du hörst doch, zum richtigen Zeitpunkt!« Lachend lief Virginia ans Buffet, nahm Eier und Tomaten, Bohnen und Bacon und setzte sich. Der Duke begnügte sich mit Toast und einer Tasse Earl Grey. Patters entfernte sich vom Buffet und verließ unbemerkt die Halle.

VIER

Virginia kletterte über die Klippen, den Schlick und die muschelbewachsenen Felsen. Sie rutschte auf den Algen aus und kippte zwischen den Kieseln um. Es war gefährlich, sich hier unten aufzuhalten, solange das Meer so hoch ging. Ihr Kleid war nass bis zu den Knien.

Als sich die Flut zurückzog, tauchten die grünlich bewachsenen Untiefen empor. Immer wieder blickte sie zum Ostturm hoch und versuchte sich vorzustellen, wo der Schlussstein herabgestürzt sein könnte. Wenn er ins Wasser gefallen war, musste er in der kleinen Bucht gelandet sein, dort, wo sie am tiefsten war. In dem Fall konnte man ihn erst kommenden Sommer heraustauchen. Vielleicht war er aber auf dem Absatz der Klosterruine aufgeprallt, dann hätte er in alle möglichen Richtungen gesprungen sein können. Müsste sie nicht wenigstens seine Trümmer finden?

Eine plötzliche Welle überspülte Virginias Knie. Vor Schreck schrie sie auf. Bei dieser Kälte konnte sie nicht länger draußen bleiben. Sie musste ins Schloss und sich umziehen.

»Du suchst ihn?« Auf dem Felsen über Virginia stand ihr Zukünftiger.

»Hallo, Freddie, ja, ich hatte gehofft …« Sie zeigte in die Runde. »Er muss hier irgendwo heruntergekommen sein.«

»Nicht unbedingt.« Sein Mantel flatterte im Wind. Er steckte die Hände in die Taschen.

»Du hast recht, es ist unwahrscheinlich. Trotzdem wollte ich …«

»Nicht unwahrscheinlich«, unterbrach er sie. »Es ist unmöglich.«

Das Haar wurde ihr ins Gesicht geweht, deshalb erkannte sie seinen Gesichtsausdruck nicht. »Wieso ist es unmöglich?«

»Weil ich ihn habe.«

»Du hast ihn? Aber wie ...? Du hast ihn gefunden?«

»Nein. Ich habe ihn herausgebrochen.«

»Aus der Dachbekrönung? Wieso solltest du so etwas tun?«, fragte sie nach einem Moment des Erstaunens.

»Weil ich wissen wollte, was euer Stein in Wahrheit verbirgt.«

»Du hast ihn gestohlen?« In diesem Moment war es Virginia, als ob eine mächtige Welle sie verschlingen, durch- und durchrütteln würde, bevor das Meer sie wieder ausspuckte. »Aber warum, Freddie? Warum nur?«

»Euer Schlussstein ist leer«, antwortete er. »In seinem Inneren ist nichts. Kein Herz aus Fleisch und Blut und ganz gewiss kein Edelstein.«

»Hast du es wegen des Steines getan? Wegen des Juwels?« Sie suchte nach einer Antwort, die sie auch nur im Mindesten hätte verstehen können.

»Natürlich.« Er zuckte die Schultern. »Weshalb sollte ein Stein von solchem Wert in Vergessenheit geraten? Wir hätten uns daran erfreuen, ihn verkaufen und unermesslichen Reichtum damit erwerben können.«

Es war nicht der Wind, nicht die frostige See, weshalb Virginia plötzlich so kalt ums Herz wurde. Sie sah in die Seele des Mannes, den sie bis vor wenigen Sekunden zu lieben geglaubt hatte. »Aber das bedeutet … dir liegt gar nichts an mir. Dir ist überhaupt nie etwas an mir gelegen!« Sie wollte schreien, doch die Stimme brach ihr weg.

»Das kann man so nicht sagen«, entgegnete der Duke ohne erkennbare Regung. »Ich finde dich amüsant. Ein bisschen anstrengend mit deinem Geplapper. Aber dein Temperament dürfte den Mauern von Somerset Castle gut tun. Die meisten Insassen dort sind innerlich schon tot.«

»Somerset Castle?«

»Wohin du mich als Duchess begleiten wirst.«

»Du glaubst, dass ich dich jetzt noch heiraten werde?« Virginia ertrug es nicht länger, zu ihm aufsehen zu müssen und begann, hochzuklettern.

»Ist deine Liebe für mich denn so schnell erloschen?«, fragte er spöttisch.

Sie glitt aus, rutschte zurück.

»Bin ich denn nicht mehr *der dunkelhaarige Freddie mit den blitzblauen Augen*? So redet ihr im Schloss doch über mich, du und die Mädchen.«

»Ich werde den Mädchen und allen die Augen über dich öffnen!« Virginia keuchte beim Anstieg.

»Ach, das würde ich mir gut überlegen.« Er wartete, bis sie das windstille Plateau erreichte.

»Was heißt das?«

»Du, meine Liebe, wirst den Willen deines Vaters erfüllen und die prächtige Partie machen, die eine Verehelichung mit mir bedeutet.« Hart fasste er ihre Hände.

Mit aller Kraft versuchte Virginia, sie ihm zu entreißen. »Weißt du, was ich tun werde? In deinen dürren Arsch werde ich dich treten!«

Er war bei Weitem stärker und zog Virginia mühelos in seine Arme. »Du tust, was man dir sagt. Im Übrigen hältst du den Mund.« Kein Funken Verständnis, keine Wärme lagen in seinem Blick. Das Blau seiner Augen war kälter als die See im Dezember.

»Wie kannst du glauben, ich würde …?« Sie erstarrte unter seiner Berührung.

»Der Name Trevelyan hat in Cornwall einen untadeligen Klang. Das könnte sich rasch ändern, falls du deinem Vater erzählst, was ich dir gerade anvertraut habe.«

»Unser *Name*, was ist mit unserem Namen?«

»Warum fragst du nicht deine Schwester?« Freddie beugte sich zu ihr, als ob er sie küssen wollte.

Sie wandte den Kopf hin und her. Nichts konnte schlimmer für sie sein, als seine Lippen auf ihren zu spüren. »Was hat Moyra damit zu tun?«

»Deine Schwester ist die Verkörperung des Bösen. Ihren grausamen Charakter versteckt sie hinter ihren vorgetäuschten Krankheiten, die du zu Recht anzweifelst.«

»Wie kannst du es wagen, so über Moyra zu sprechen?« Angewidert betrachtete Virginia den Duke. In diesem Moment wollte sie ihm am liebsten ins Gesicht spucken.

»Na, ihr Turteltäubchen!« Über ihnen war ein Fenster aufgegangen. Der Kopf von Sir Thomas erschien. »Wollt ihr nicht hereinkommen? Du solltest nicht so lange im kalten Wind bleiben, mein Liebling. Der Frühling lässt noch auf sich warten.«

»Gleich, Papa«, rief Virginia tonlos.

»Küssen könnt ihr euch nämlich auch im Warmen«, lachte der Earl.

»Wir kommen sofort, Mylord«, antwortete Freddie an ihrer Stelle.

»Küsst euch aber nicht zu viel, sonst verderbt ihr

mir die Überraschung für heute Abend. Obwohl ich glaube, es wissen ohnehin schon die meisten.« Das Fenster schloss sich wieder.

»Heute Abend … Die Verlobung … Die Gäste«, murmelte Virginia. »Das darf nicht sein.«

»Es wird bestimmt sehr stimmungsvoll.« Freddie ließ sie los.

Sie trat ein paar Schritte zurück, bis der Abgrund sie zwang, stehenzubleiben. »Was hast du vorhin über Moyra gesagt?«

Der Wind und die tosende See verschluckten die Antwort des Dukes.

Virginia saß in der Bibliothek ihres Vaters, an dem polierten Mahagonitisch am Nordfenster. Sie beugte sich über die Familienchronik, jenen dicken Folianten, in dem alle bedeutenden Vorkommnisse festgehalten wurden, die der Familie Trevelyan seit ihrer Erhebung in den Adelsstand widerfahren waren. Zu Beginn des 13. Jahrhunderts verlieh König John Lackland seinem Vasallen Philipp Trevelyan für besondere Verdienste im Irlandfeldzug die Grafenwürde. Einer Sage nach waren die *Verdienste*, die Lady Trevelyan dem König erwiesen hatte, noch ausschlaggebender für den Ritterschlag gewesen. Damals lebten die Trevelyans noch auf ihrer Wehrburg im Landesinneren. Philipp unterstützte den König im Kampf gegen die anrückenden Waliser, die die Festung Trevelyan niemals einzunehmen vermochten. Später verriet der Earl seinen König allerdings und beteiligte sich an der Revolte gegen ihn. Die Folge war, dass King John 1215 die Magna Carta unterzeichnen musste.

Die Trevelyans waren machtvolle Ritter und angesehene Ratgeber der Krone, bis sie im 16. Jahrhundert bei King Edward VI. in Ungnade fielen. Seitdem verlor die Familie an Bedeutung. Sie zog sich auf die Gezeiteninsel St. Michael's zurück, die den Trevelyans als Lehen zugesprochen worden war. Zu ihrem Besitz zählten zweitausend Morgen besten Ackerlandes, ein Wildgehege mit Rot- und Damwild, Fasanen und Wildschweinen, dreiundzwanzig Pachthöfe und ein Anteil der Fischgründe entlang der Küste. Die Zinkmanufakturen kamen erst im 18. Jahrhundert dazu.

Der beeindruckende Besitz ihrer Familie interessierte Virginia an diesem schrecklichen Dezembertag jedoch nicht im Geringsten. Sie suchte jenen besonderen Eintrag, der die Legende um den Schlussstein des Schlosses wiedergab. Virginia las:

Mit seinem magischen Schwert stritt der tapfere Jüngling mit dem Ungeheuer von Cormoran. Lange Stunden wogte der Kampf hin und her, bis der Knabe mit einem markigen Streich die Bestie zur Strecke brachte. Er schnitt dem Ungeheuer das Herz heraus. Mit dem blutenden Herzen in den Händen trat er vor den Herrscher und rief, so dass alle auf der Burg es hören konnten: »Dieses Herz müsst Ihr in einem Stein versiegeln, Mylord. Der Stein soll die oberste Bekrönung abschließen. Solange das Herz von Cormoran dort verwahrt bleibt, wird Eurer Familie das Glück gewogen sein, und es kann Euch nichts Böses widerfahren. Doch wenn der Schlussstein einst herausgebrochen und das Herz gestohlen werden sollte, wird es keinen Frieden mehr geben auf St. Michael's Mount. Elend wird herrschen, und kein Stein wird auf dem anderen bleiben.«

»Kein Stein auf dem anderen«, flüsterte Virginia in den düsteren Saal. »Das sind nur alte Geschichten«, murmelte sie. »Nur alte Geschichten. Es muss ja nicht stimmen. Es darf einfach nicht stimmen.«

Aber die Worte des Fluches hatten sich tief in ihr Herz gegraben. Von der Kapelle schlug die Glocke sechs Uhr. Virginia löschte die Lampe und ging nach oben, um sich umzukleiden. Bald würden die ersten Gäste kommen. Ihr war, als ob sie sich nicht für ihre Verlobung, sondern für ihre Hinrichtung zurechtmachte.

FÜNF

Du hast dich doch hoffentlich nicht wirklich mit ihm verlobt«, rief Timmy am Steuer des Vauxhall. »Nein, Nana, das glaube ich nicht. Ich glaube es einfach nicht.«

Mit gesenktem Kopf saß Virginia neben ihm. Nicht die Erzählung hatte sie so angestrengt, es war der Schmerz, jene Zeit noch einmal zu durchleben.

»Ich war gefangen.« Sie sprach so leise, dass Timmy sich zu ihr beugte. »Ich sah mein ganzes kommendes Leben vor mir, als ob ich es bereits hinter mir hätte. Eine endlose Aneinanderreihung von Demütigungen tauchte vor mir auf, die Unterwerfung unter einen Mann, der seine Maske hatte fallen lassen. Tagein tagaus seine widerliche Gegenwart zu ertragen, immer das Geheimnis für mich zu behalten, mit dem er mich an sich fesselte. Stets die Fassade zu wahren, die oberflächlichen Gespräche zu führen, die er von mir erwartete und die von der Tatsache ablenkten, dass ich diesen Mann aus tiefster Seele hasste. Er ruinierte meine Familie, er trieb mich an den Rand des Abgrunds. Und es gab niemanden, der mich davor zurückhielt, in diesen Abgrund zu springen.« Virginia atmete hastig.

»Nicht, Nana, du sollst dich nicht so aufregen.« Besorgt legte Timmy seine Hand auf ihre Schulter. »Wie wir wissen, bist du damals nicht in den Abgrund gesprungen.« Er lächelte ermunternd. »Willst du nicht der Reihe nach erzählen? Was war dieses schreckliche Geheimnis, weshalb du deinen Vater nicht ins Vertrauen ziehen konntest?«

Virginia schwieg.

»Was ist an dem Abend geschehen, als deine Verlobung bekannt gegeben werden sollte?«

Ein quäkendes Hupen ließ Timmy zusammenfahren. Hinter ihnen hielt ein Fischlaster, der die Inselstraße passieren wollte. Beide hatten nicht bemerkt, dass die Flut zurückgegangen war. Vor ihnen erstreckte sich das Band aus buckligen Steinen bis zur Insel.

Virginia hob den Blick. »Wir können weiterfahren.«

»Aber wann erzählst du es mir?«, drängte Timmy. »Wann erzählst du mir, was damals passiert ist?«

Ein zweites Mal wurde energisch gehupt.

»Fahr los, Timmy.«

Er ließ den Vauxhall vorsichtig anrollen.

Harry Starmuehler war ein deutscher Architekt. Viele fragten sich, wieso der *National Trust for Places of Historic Interest or Natural Beauty* eine deutsche Firma mit der Restaurierung von Mount St. Michael's beauftragt hatte. Der *National Trust* war eine gemeinnützige Organisation, die denkmalgeschützte Objekte in England, Wales und Nordirland betreute. Wegen des heruntergekommenen Zustands des Schlosses und der Einsturzgefahr mancher Gebäudeteile hatten die Touristenführungen eingestellt werden müssen. Das Schloss wurde einer Generalsanierung unterzogen, und Harry Starmuehler war der Mann, dem dieses Projekt unterstand.

»Hallo, hallo«, begrüßte er die Ankömmlinge. Er hatte die Vierzig bereits überschritten, strich seine Jugendlichkeit aber deutlich heraus. Starmuehler trug das Haar lang bis auf die Schultern. Unter dem Kurzarmhemd spannten die Muskeln. Mit seinem Herzmündchen lachte er Virginia an.

»Sie sind im Ozean gestrandet, wie ich gesehen habe«, rief er mit deutschem Akzent.

»Im Ozean kann man nicht stranden, Mr Starmuehler. Die Flut hat uns überrascht«, gab Virginia zurück, während Timmy den Rollstuhl bereit machte.

»Immer herein in die gute Stube.« Starmuehler zeigte zu den Türmen des Schlosses hoch.

Mit gemischten Gefühlen betrachtete Timmy den steilen Pfad, der zum Schloss führte. Auf halber Höhe war es kein Weg mehr, sondern eine verwitterte Treppe. »Wie sollen wir da jemals hinaufkommen?«

»Machen Sie sich deswegen keine Sorgen. Ich habe Ihre Großmutter im ehemaligen Hafenmeisterhaus untergebracht.«

Starmuehler zeigte auf ein urig anmutendes Cottage direkt vor ihnen. »Später, für Ihren Besuch im Schloss, habe ich den Lastenaufzug vorbereiten lassen.«

»Meine Großmutter soll …«

Starmuehler ging voraus. »Sie werden in luftige Höhen emporschweben, Countess, bis man Sie sachte in der großen Halle wieder absetzen wird.«

»Wie einen Zementsack«, lachte Virginia. »Ach, sagen Sie doch bitte nicht Countess zu mir.«

»Aber Sie sind die 20. Countess of Laureal, Ma'am.«

»Theoretisch.« Virginia seufzte. »Mir ist es trotzdem lieber, Sie sagen Mrs Barnes zu mir.«

Timmy schob den Rollstuhl. Sie erreichten das Cottage. Der gewinnende äußere Eindruck täuschte. Im Inneren erwies es sich als heruntergekommen, düster und klamm.

»Meine Großmutter soll hier … Hier sollst du, Nana …?«

»Schon gut, Timmy. Ich kenne dieses Haus gut, ich mag es. Mit diesen Räumen verbinde ich die wenigen schönen Erinnerungen, die ich an diese verfluchte Insel habe.«

»Verflucht?«, fragte Starmuehler. »Sie werden mit dem Fluch doch nicht etwa das *Herz von Cormoran* meinen?«

Sie musterte den Bauunternehmer. »Alles hat mit dem *Herz von Cormoran* zu tun, einfach alles. Und ich könnte mir vorstellen, dass auch Sie sich in erster Linie wegen des Herzens hier aufhalten, Mr Starmuehler.«

Er lachte harmlos, doch ein neugieriger Funke spielte in seinen Augen. »Das Herz wurde nie gefunden, wie Sie wahrscheinlich wissen, oder? Ich nehme an, das ist Ihnen bekannt, Mrs Barnes.«

Virginia hob den Kopf. »Sind Sie etwa ein Schatzsucher, Mr Starmuehler? Hoffen Sie, das Herz aufzuspüren, indem Sie das ganze Schloss umkrempeln und keinen Stein auf dem anderen lassen?«

»Ich bin Bauingenieur, liebe Mrs Barnes.« Er strich sich das Haar aus der Stirn. »Es ist mein Beruf, keinen Stein auf dem anderen zu lassen.«

»Ich hatte mich schon gewundert, was Ihre sonderbare Einladung zu bedeuten hatte.«

»Welche Einladung?«, fragte Timmy. »Ich dachte, wir sind hergekommen, um deinen hundertsten Geburtstag zu feiern?«

»Stimmt schon. Aber auf die Idee gebracht hat mich Mr Starmuehler.«

»Wollen Sie nicht Harry zu mir sagen?« Er sah sich in dem düsteren Living Room um und fasste an den alten Heizkörper. »Ich fürchte, die Heizung wurde noch nicht angestellt. Ich werde das veranlassen.«

»Bemühen Sie sich nicht«, widersprach Virginia. »Timmy wird uns ein Feuer machen. Nicht wahr, mein Lieber?«

»Feuer? Ich soll …? Bei uns zu Hause drehe ich nur an dem Rädchen, und schon wird es warm.«

»Du wirst feststellen, dass auf St. Michael's Mount nichts so ist wie zu Hause«, schmunzelte Virginia. »Dort liegt Weichholz und ein scharfes Messer. Zuerst machst du Späne, die feuerst du an und legst größere Scheite darauf. Alles Weitere erledigt der gute alte Kamin von allein.«

Starmuehler trat zu ihnen. »Kommen Sie erst mal an und packen Sie in Ruhe aus«, ermunterte er die beiden. »Was meinen Sie, wann werden Sie so weit sein, das Schloss zu besichtigen?«

»Jederzeit, Mr Starmuehler.«

»Wunderbar. Ich bereite alles vor.« Er räusperte sich. »Und später würde ich mich gerne in Ruhe mit Ihnen unterhalten, Countess … Mrs Barnes, wenn Ihnen das recht ist.«

Sie drehte den Rollstuhl herum und sah ihn mitleidig an. »Wie ich sehe, hat das *Herz von Cormoran* bereits Besitz von Ihnen ergriffen, Harry«, antwortete sie eindringlich. »Hüten Sie sich. Es hat viele Menschen unglücklich gemacht. Einer davon war ich.«

———— ◆ ————

Das Feuer knisterte und loderte. Timmy war mächtig stolz auf seine Leistung. Allerdings wärmte es nur, wenn man sich in unmittelbarer Nähe des Kamins aufhielt. Er rieb sich die Hände. »Das Feuer brennt. Wieso wird es nicht warm?«

»Jetzt siehst du mal, wie unsere Vorfahren jahrhundertelang gelebt haben.« Vergnügt kurvte Virginia durch das Cottage. »Etwas anderes als ein Kaminfeuer gab es auch im Schloss nicht.«

»Ist dir nicht kalt?«

»Im Gegenteil, heiß.« Virginia fuhr ins Schlafzimmer. Timmy hörte sie vor Freude seufzen. »Ach, wie schön, wie schön!«

Timmy folgte ihr. »Was ist schön, Nana?«

»Alles, alles, sieh doch nur.«

Er betrachtete das uralte Bett, in dem der Holzwurm sein Unwesen trieb. Eine Kommode mit Waschschüssel stand da, daneben ein Krug. Ein kleiner Spiegel. Sonst nichts. Nicht einmal Vorhänge gab es.

»Wo sind die Gardinen?«, fragte er, ernüchtert von der armseligen Einrichtung.

»Gardinen braucht man hier nicht. Das Haus liegt am Wasser. Wer sollte denn zum Fenster hereinsehen, etwa die Möwen?«

»Müssten wir nicht allmählich aufbrechen?« Timmy beobachtete, wie seine Großmutter alle Schubladen öffnete.

»Wohin?«

»Aufs Schloss. Starmuehler hat gesagt ...«

»Starmuehler soll warten. Es ist in seinem eigenen Interesse, wenn er Geduld beweist. Du gehst jetzt erst mal rüber zum Fish-n'-Chips-Stand und holst uns zwei anständige Portionen. Ich sterbe vor Hunger.«

»Du willst *hier* essen, in dieser Bude? Können wir nicht ins Restaurant gehen?«

Streng sah seine Großmutter ihn an. »Ich habe nicht gewusst, dass du so ein verweichlichtes Bürschchen bist, Tim. Auf St. Michael's gibt es kein Restaurant.«

»Na, dann eben in den Pub«, schlug er vor.

»So etwas hat es hier nie gegeben.« Virginia hob den Blick zum Fenster. Vor einem bleigrauen Himmel zeichnete sich das Schloss ab. »Es gibt auf der Insel nur dieses böse alte Gebäude und den Fluch, der darauf lastet.« Sie wandte sich zu ihrem Enkel. »Willst du deine Nana etwa verhungern lassen?«

»Ich geh ja schon. Und beim Essen erzählst du mir dann mehr, ja?«

»Fish n' Chips, mein lieber Junge.«

Timmy verließ das Cottage, während Virginia weiter in der Vergangenheit stöberte.

SECHS

In einer halben Stunde musste Virginia in der Halle erscheinen. Daddy hatte sie gebeten, heute das weiße Kleid zu tragen, ein rüschenbesetztes Ding, albern und aus der Mode, doch für ihren Vater stellte es den Inbegriff der Unschuld dar. Ihre Unschuld war Virginia an diesem Abend weniger wichtig als die Wahrheit.

Sie durchquerte den nördlichen Korridor und trat ohne anzuklopfen bei ihrer Schwester ein.

Moyra war in Abendgarderobe. Das blassgrüne Kleid kontrastierte mit ihrem rotblonden Haar. »Was willst du, Vi?«

»Kann ich dich sprechen?«

»Wie mir scheint, tust du das bereits.«

»Unter vier Augen.«

Virginias Schwager Ethelred hielt ein Glas Brandy in der Hand und musterte die Schwester seiner Frau mit hochgezogenen Brauen.

»Ich wüsste nicht, warum Ethelred nicht dabei sein kann.« Moyra reichte ihrem Gatten die Haarbürste.

»Lass mich das machen.« Virginia sprang dazwischen. »Als ich klein war, hast du mir oft erlaubt, dein Haar zu bürsten.« Sie stellte sich hinter Moyra. »Ich möchte mich mit dir über Simon unterhalten.«

»Welchen Simon?« Moyra richtete den Nacken auf. »Simon, den Schmied?«

»Du weißt sehr gut, dass ich nicht unseren alten Schmied meine.« Energisch strich Virginia mit der Bürste über Moyras Locken. »Ich meine Sir Simon.«

Ethelred trank aus. »Ich glaube, sie meint den Bruder des Duke. Du weißt doch, meine Liebe, jener bedauernswerte Junge, der sich vor ein paar Monaten das Leben genommen hat.«

Virginia nickte der Schwester im Spiegel zu. »So ist es. Über ihn möchte ich mich unterhalten.«

»Weißt du was, Darling? Warum nimmst du vor dem Essen nicht noch einen Drink mit Daddy?«, wandte Moyra sich da an ihren Mann. »Vi und ich kommen gleich nach.«

Ethelred hatte keine Lust, seiner Frau zu widersprechen und verließ das Zimmer.

Schweigend bürstete Virginia das Haar ihrer Schwester weiter.

»Was willst du mir über Sir Simon erzählen?«, fragte Moyra ungeduldig.

»Ich brauche dir nichts zu erzählen. Du weißt bereits alles. Schließlich hast du ihn auf dem Gewissen.«

Unten in der Halle fing das kleine Orchester zu spielen an, das der Earl für diesen Anlass auf die Insel gebeten hatte.

———— ◆ ————

»Du wirst von nun an nicht mehr oft mit deinem Daddy tanzen«, sagte Sir Thomas. »Ich erinnere mich, als ob es gestern gewesen wäre. Du warst zwei Jahre alt, da habe ich dich auf meine Füße gestellt. So haben wir miteinander getanzt.«

Virginia kämpfte mit den Tränen. »Ich weiß es auch noch, Daddy. Ach, wenn es nur wieder so sein könnte.«

»Du wirkst nicht besonders glücklich heute, mein Liebling.« Im Tanz lehnte sich der Lord zurück. »Blass bist du, Vi. Was ist mit dir?«

»Ich habe wieder einmal vergessen, zu essen«, log sie. »Nachher, wenn serviert wird, geht es mir bestimmt besser.«

»Du hast kaum ein Wort mit deinem Bräutigam gewechselt.«

»Noch ist er nicht mein Bräutigam.«

Dem Lord fiel der eisige Ton seiner Tochter nicht auf. »Freddie sieht heute Abend wieder wie gemeißelt aus. Eigentlich dürfte ein Mann nicht so schön sein, finde ich.«

»Wenn er dir so gut gefällt, warum heiratest du ihn nicht?«

Mitten auf dem Parkett blieb Sir Thomas stehen. »Was hast du, Virginia? Irgendetwas muss passiert sein. Habt ihr euch gestritten?«

Sie senkte den Blick. Sie sollte das Lamm sein, das zur Schlachtbank geführt wurde. Entweder sie opferte sich oder ihre Familie. Wenigstens hatte sie den Eröffnungstanz nicht mit dem Mann tanzen müssen, den sie verabscheute. Traditionell gehörte der erste Walzer einem Kavalier, der ältere Rechte hatte, ihrem Vater.

Sie zwang sich zu einem Lächeln. »Es ist alles in Ordnung, Papa. Mir ist nur ein bisschen schwindlig, nichts weiter. Wollen wir uns setzen?«

»Mit unserem Tanz haben wir das Fest eröffnet«, nickte Sir Thomas. »Nun sollen unsere Gäste einander auf die Füße treten. Und du ruhst dich aus.«

Sie kehrten zu der Stuhlreihe zurück, die für die Gastgeberfamilie an der Stirnseite der Halle aufgestellt worden war. Der Earl saß in der Mitte, rechts Virginia, zu seiner Linken Moyra und Ethelred.

»Wo ist Freddie denn eigentlich?« Suchend sah der Lord sich um.

»Dort drüben unterhält er sich mit einigen Herren«, sagte Ethelred.

»Sind das nicht die Leute von der *Savings & Loan?*«, staunte Sir Thomas. »Was hat er mit diesen Kredithaien zu reden?«

Auch Virginia beobachtete Freddie. Eine Zigarette in der Hand gab er sich den Anschein, ein zwangloses Gespräch zu führen. Sie wusste, dass die Dinge anders lagen.

»Nach dem Essen mache ich die Ankündigung«, raunte der Earl seiner Tochter zu. »Einverstanden, Vi?«

»Wie du wünschst, Papa.«

Der Duke verabschiedete sich von den Finanzleuten und näherte sich lächelnd. »Was für ein hübsches Kleid, Darling.«

Sir Thomas nickte seiner Tochter zu. »Siehst du, Freddie gefällt das Kleid auch. Ich habe es nämlich ausgesucht.«

Der Duke breitete die Arme aus. »So und nicht anders stellt man sich eine glückliche Braut vor.«

Am liebsten hätte Virginia einen Bihänder von der Wand gerissen und Freddie damit durchbohrt. Stattdessen nahm sie alle Kraft zusammen und lächelte den Duke mit hasserfüllten Augen an. »Du siehst auch gut aus, Freddie.«

»Wollen wir tanzen?« Auf ein Zeichen des Duke trat ein Diener mit einer Schale näher. Freddie ließ die Zigarette hineinfallen und bot Virginia seinen Arm.

Beim Gedanken, ihn anfassen und sich von allen Gästen anstarren lassen zu müssen, während sie mit ihm tanzte, wurde Virginia übel.

»Was ist denn, mein Kind?«, fragte Sir Thomas. »Ein schöneres Paar als euch wird man in ganz Cornwall nicht finden.«

Sie stand auf. Sie wankte. Vor ihr senkte sich der Boden. Sie drohte in den Abgrund zu stürzen, den Freddie für sie geöffnet hatte. Um nicht zu fallen, ergriff sie seine Hand. Dabei sah sie ihre Schwester an. Die Augen Moyras waren flehentlich und drohend zugleich.

Virginia musste nur diesen schrecklichen Abend überleben, ohne dass es zum Skandal kam; das allein war ihre Pflicht. Zugleich ertrug sie es nicht, der Erpressung dieses skrupellosen Menschen nachzugeben. Alles in ihr lehnte sich dagegen auf. Sie war Virginia Trevelyan, eine freie Frau mit freiem Willen. Sie wollte ihr Leben auf eigene Faust erobern. Lernen wollte sie und reisen, mit einer Fülle von Erfahrungen heimkehren und schließlich einen Mann heiraten, den sie sich selbst aussuchte und den sie innig liebte. In wenigen Tagen begann das 20. Jahrhundert. Es sollte das Jahrhundert der Frauen werden, Virginias Jahrhundert. Es sollte ein großartiges Leben werden! Doch wie konnte sie das erreichen, wenn sie einem Mann mit dem Äußeren eines Edelmannes und dem Herzen eines Betrügers ihr Jawort gab?

An Freddies Arm trat Virginia auf die Tanzfläche. Die übrigen Gäste machten Platz. Sie wollten Zeuge sein, wie der attraktive junge Duke und die erblühte Rose von Cornwall sich im Kreise drehten. Liebevoll zog er Virginia an seine Brust.

Sie wehrte sich. »Treib es nicht zu weit, Freddie.«

»Reiß dich zusammen.« Er lächelte auf eine Art, dass jedermann sehen konnte, wie dem Duke die Liebe aus den Augen sprang. »So manche Frau im Saal wäre gern an deiner Stelle.«

»Weil keine andere Frau im Saal weiß, dass du ein Ungeheuer bist.«

»Ein blendend aussehendes Ungeheuer.«

»Ich hasse dich.«

»Hass ist ein sehr intensives Gefühl. Darin liegt immerhin ein Anfang.« Er vollführte eine schwungvolle Drehung. »Du hast mit Moyra gesprochen?«

»Woher weißt du das?«

»Man sah dich aus ihrem Zimmer kommen.«

»Du spionierst mir nach?«

»Nur wenn es nötig ist.« Im Tanz beugte er seine Braut nach hinten und zog sie mit vollendeter Bewegung wieder hoch. Der Saal applaudierte. »Und was sagt Moyra?«

»Sie behauptet, dass du lügst.«

»Das war zu erwarten«, antwortete er unbeeindruckt. »Hast du ihr von Simons Bekenntnis erzählt? Wenn ich mit seiner Beichte an die Öffentlichkeit gehe, wird Moyra anders darüber denken.«

Plötzlich packte der Duke Virginia mit brutalem Griff und wirbelte sie im Kreis herum. »Sie hat meinen kleinen Bruder in den Tod getrieben, Darling! Sie hat ihm ihre Liebe vorgegaukelt und ihn eiskalt fallenlassen, nachdem sie ihren Spaß mit ihm gehabt hatte. Simon war noch ein halbes Kind, er wusste nichts von der Gemeinheit dieser Frau. Als ich ihn aus ihren Fängen befreien wollte, war es schon zu spät. Bevor Simon sich das Leben nahm, hat er alles gebeichtet, und zwar Schwarz auf Weiß! Und deine Schwester, diese Ehebrecherin, behauptet, dass ich lüge?«

Die beiden drehten sich so rasend schnell im Kreis, dass niemand der Umstehenden von Freddies hasserfüllten Rede etwas mitbekam. Atemlos blieben sie stehen.

Virginia keuchte. »Wozu willst du mich heiraten? Du liebst mich nicht. Ich habe mit dem Tod deines Bruders nichts zu tun.«

»Du bist eine Trevelyan, das genügt.«

Das Orchester stimmte eine heitere Melodie an. Die übrigen Gäste fanden sich wieder zum Tanz ein.

»Du willst Rache nehmen?«, fragte sie leise.

»Nein. Rache ist etwas für Idioten. Ich muss ein Mitglied dieser Familie werden. Erst dann kann Moyra mir den Preis bezahlen, den ich verlange, damit ich Simons Geständnis nicht veröffentliche.«

»Womit soll Moyra dich bezahlen?« Virginia sah zu ihm hoch.

Der Duke musterte sie spöttisch.

»Du willst … Du verlangst, dass sie dir ihr Erbe überschreibt? Das Land, die Minen, den Besitz der Trevelyans? Damit wäre meine Familie mittellos.«

»Und wenn schon.«

»Dann stimmt es also, was man sich erzählt?«

»Was erzählt man sich denn?«

»Dass du seit dem Tod deines Vaters schlecht gewirtschaftet hast. Dass die Hailshams hoch verschuldet sind.«

Er wiegte den Kopf. »Es ist nicht zu leugnen, dass ich gewisse Außenstände habe.«

»Deshalb hast du dich vorhin mit den Leuten von der *Savings & Loan* unterhalten.«

»Kluges Mädchen.«

Virginia blieb stehen. »Aber dann …«

»Ja?«

»Dann brauchst du mich doch nicht zu heiraten. Wenn es dir nur um Moyras Erbschaft geht, muss ich nicht deine Frau werden.«

Freddie lächelte in die Runde. »Nicht so laut.« Mit eisernem Griff führte er sie an die Bar, wo ein Valet Erfrischungen reichte.

»Wir machen es genau so, wie ich geplant habe.« Auf den fragenden Blick des Valet bestellte der Duke Whisky. »Heute noch gibt dein Vater die Verlobung bekannt.«

»Nein!«

Er zog sie beiseite. »Hör mir mal zu: Ich habe die Macht, deine Familie in einen Skandal zu stürzen, von dem sie sich nie wieder erholt.«

»Warum, Freddie, warum nur?«

»Weil mir das Wasser bis zum Hals steht«, fuhr er sie an. »Alles ist bereits mit der *Savings & Loan* vereinbart. Sie bereiten die Transaktion vor, es wird in aller Stille abgewickelt. Sobald ich dein Mann bin, geht der Besitz auf mich über. Wenn wir es richtig anstellen, dürfte nicht einmal dein Vater etwas davon erfahren.«

Einen solchen Grad an Bosheit hatte sich Virginia bis jetzt nicht vorstellen können. Als sie Freddie in die Augen sah, wusste sie, er würde vor nichts zurückschrecken.

»Meine Damen und Herren, liebe Gäste!«, hörte sie ihren Vater von der anderen Seite des Saales.

Die Musik endete. Sir Thomas stand auf und erhob sein Glas. »Ich hatte mir vorgenommen, Sie erst nach dem Dinner mit meiner Überraschung zu erfreuen. Doch nun sehe ich, die Sache duldet keinen Aufschub. Nicht wahr, Virginia?«

Sie löste sich von Freddie und trat in den Saal. »Welche Sache, Daddy?«

»Wenn ich euch so betrachte, dich und den ehrenwerten Duke, unseren Gast, dann wird mir klar, dass hier ein Feuer brennt, das unser Fest erhellt und unser aller Herzen erwärmt. Virginia, meine Tochter, mein lieber Alfred, soll ich es denn länger für mich behalten?« Der Earl machte eine große Geste.

»Nein, Papa, nein –« Sie taumelte auf ihn zu. »Bitte, Daddy …«

Der Duke ergriff ihren Arm. Seine bösen Augen flackerten.

»Ladies and Gentlemen«, fuhr Sir Thomas fort.

»Es ist mir eine Ehre und zugleich das größte Vergnügen …«

Ein Schrei, ein unerhörter Lärm unterbrach die Worte des Hausherren. Alle Köpfe fuhren herum.

Die innere Osttreppe schmiegte sich an der Mauer des Turmes entlang. Da sie ziemlich breit war, hatte man an der ursprünglichen Konstruktion nichts verändert und die Treppe ohne Geländer belassen. Sämtliche Angestellten hielten sich allerdings an die Anweisung von Chefbutler Patters und benützten die Treppe mit der gebotenen Vorsicht.

Ein Tablett in beiden Händen tragend, war Patters im Begriff gewesen, über die Treppe in die Halle hinabzusteigen. Der Achtzigjährige musste fehlgetreten sein. Auf einer der obersten Stufen verlor er das Gleichgewicht, fand keinen Halt und stürzte aus einer Höhe von fünf Yards herab. Sein Körper schlug auf dem Steinboden auf. Das Tablett entglitt ihm und machte einen gewaltigen Lärm. Lionel Patters rührte sich nicht mehr.

SIEBEN

Niemand getraute sich, Patters zu bewegen. Man bettete ein Kissen unter seinen Kopf und deckte den Bewusstlosen zu. Bis Dr. Murphy eintreffen würde, konnte eine Stunde vergehen. Die Flut hatte eingesetzt, man musste ans Festland rudern, um ihn zu holen.

»Ich kann eure Verlobung unter diesen Umständen nicht bekanntgeben«, sagte Sir Thomas. »Das sehen Sie doch ein, lieber Alfred.«

»Das versteht sich von selbst, Mylord«, antwortete der Duke.

»Ihr beide seid jung. Ich bin sicher, es wird sich bald wieder eine passende Gelegenheit ergeben.« Der Earl nickte betrübt, mit Bedauern schüttelte er dem Duke die Hand. »Es tut mir leid, Euer Gnaden, aber ich muss mich jetzt um meinen alten Freund, meinen lieben Patters, kümmern.«

Niemand außer Virginia bemerkte die Unruhe in Freddies Verhalten. Wegen eines greisen Bediensteten wurden seine Pläne über den Haufen geworfen oder zumindest für einige Zeit aufgeschoben.

Als er sich ihr zuwandte, bemühte sie sich, ihre Erleichterung nicht zu deutlich zu zeigen. »Der arme Patters. So ein Unglück«, sagte sie.

Freddie trat auf sie zu. »Zwischen uns hat sich nichts geändert. Ich hoffe, das weißt du.«

Mit den Augen suchte Virginia ihre Schwester in der Halle. Moyra war nicht mehr da. »Ich kann hier nicht länger als jungfräuliche Braut herumstehen. Ich muss mich umziehen. Du entschuldigst mich.«

Sie lief in den ersten Stock und fand Moyra auf ihrem Zimmer.

»So ein Glück hat man nur einmal und nie wieder«, sagte Virginia beim Eintreten.

Ethelred entledigte sich gerade seines Fracks. »Du

bezeichnest es als Glück, dass der gute Patters sich fast das Genick gebrochen hat?«

Mit einem Blick machte Moyra der Schwester klar, dass sie vor Ethelred den Mund zu halten habe. »Mein Lieber«, sagte sie zu ihrem Mann. »Ich sehe gerade, ich habe meine Stola unten vergessen.«

»Wir gehen zu Bett, Darling. Wozu brauchst du da eine Stola?«

»Ach, sei doch so lieb«, säuselte Moyra. »Ich mag nicht, dass sie dort liegenbleibt, während sauber gemacht wird.«

Ethelred entging nicht, dass er zum zweiten Mal aus dem Zimmer geworfen wurde. Er fügte sich auch diesmal, zog den Frack an und gehorchte.

»Durch Patters Unfall hast du Zeit gewonnen«, rief Virginia, in dem Augenblick, als sich die Tür geschlossen hatte. »Jetzt kannst du die Sache mit Freddie in Ordnung bringen.«

»Wie stellst du dir das vor?«

»Er will Geld. Er braucht dringend Geld und wird alles tun, es zu bekommen. Gib ihm, so viel du kannst, dann bekommst du die belastenden Dokumente.«

»Was redest du denn?« Moyra stand auf. »Freddie kriegt mein Geld nicht. Nicht auf diese Weise.«

»Ich sehe keine andere Möglichkeit«, entgegnete Virginia überrascht.

»Natürlich, weil es nicht dein Geld ist.«

»Aber wenn du dich nicht darauf einlässt, dann …« Virginia versuchte, die Tragweite in Worte zu fassen. »Willst du Papa, willst du unsere Familie diesem Skandal aussetzen?«

»Skandal!«, rief Moyra abschätzig. »Es ist nicht erwiesen, dass sich Simon wegen mir von den Klippen gestürzt hat.«

Virginia trat vor ihre Schwester. »Du hast große Schuld auf dich geladen. Du musst jetzt dazu stehen.«

»Du bist ein Baby«, zischte Moyra. »Was weißt du schon von Schuld?«

»Um welche Schuld geht es?« Timmy hielt die fettigen Finger in die Höhe. Er hatte nicht daran gedacht, genügend Servietten von der Fish-n'-Chips-Bude mitzubringen. Der Verpackungsmüll türmte sich vor ihnen auf dem Tisch. »Was meinst du mit *Schuld*, Nana?«

Virginia hatte diesen seligen Ausdruck im Gesicht, den sie bekam, wenn eine Mahlzeit ihr den Bauch wärmte. Schellfisch in Backteig und fetttriefende Chips waren nicht gerade die Diät, die einer Hundertjährigen bekam, aber genau deshalb ließ sie sich das Essen so gut schmecken.

Timmy hakte noch einmal nach. »Was hat deine Schwester denn getan?«

Virginia tauchte eine frittierte Kartoffel in Ketchup. »Das kann ich dir nicht erzählen.«

»Komm, Nana, du erinnerst dich an jedes Detail, aber ausgerechnet die Sache mit der Schuld deiner Schwester willst du vergessen haben?«

»Ich habe nichts vergessen. Was Moyra tat, hat sich für immer in mein Gedächtnis gebrannt. Ich will aber lieber nicht darüber sprechen.«

»Es ist vierundachtzig Jahre her. Deine Schwester ist lange tot. Irgendwann verjährt selbst die ärgste Schuld.«

Aus ihren freundlichen Augen sah Virginia ihn an. »Du hast recht. Vielleicht hilft es mir, wenn ich es mir von der Seele reden kann.«

»So schlimm ist es?«

»Urteile selbst.« Sie schob die Styroporbox beiseite

und lehnte sich zurück. Der Esstisch wackelte altersschwach. Das Feuer machte ein helles Geräusch. Allmählich wurde es warm im Living Room.

»Meine Schwester Moyra war eine wunderschöne Frau. Ihre Schönheit galt in der ganzen Grafschaft als einmalig. Das volle rotgoldene Haar, ihre Augen spielten zwischen Blau und Violett, die hohe Figur, die gewinnende Stimme – selbst für mich, ihre kleine Schwester, war Moyra das Schönste, was ich je gesehen hatte. Du kannst dir nicht vorstellen, was die Männer aufführten, wenn sie in ihre Nähe kamen. Sie stolzierten wie die Pfaue, röhrten wie die Hirsche, sie bemühten sich, geistreich und amüsant zu sein. Sie überhäuften meine Schwester mit Geschenken, luden sie zu Kutschenpartien oder Segeltouren ein. Sie fuhren mit ihr sogar ins Theater nach London. Als ich vier war, hatte Moyra bereits sieben Heiratsanträge ausgeschlagen. Unserem Vater gefiel das Geturtel und die ganze Aufregung nicht, die um seine Älteste gemacht wurde. Daddy merkte, wie der dauernde Rummel die schöne Moyra veränderte. Meine Schwester war klug, schlagfertig, einfallsreich. Sie hätte aus ihrem Leben etwas Großartiges machen können. Doch sie verkraftete es nicht, dass alle Welt sich nur auf ihre Schönheit fixierte. Irgendwann während der Jahre muss etwas in Moyras Innerem zerbrochen sein. Ihre Klugheit verwandelte sich in Überheblichkeit, ihre Schlagfertigkeit in Zynismus. Sie sah auf die Männer herab, die sie umschwärmten. *Die armen Teufel*, nannte sie ihre Verehrer manchmal, wenn wir allein waren.«

»Moyra hat dich, ihre Babyschwester, ins Vertrauen gezogen?«, fragte Timmy verwundert.

»Sie hatte ja sonst niemanden«, erwiderte Virginia. »Sie hatte keinen Menschen, keinen einzigen Freund. Die Männer verliebten sich sofort in sie, und die Frauen hatten regelrecht Angst vor ihr. Sobald Moyra in der Nähe war, vergaßen die Männer ihre eigenen Frauen. Die Ladys der Umgebung hielten die junge Countess daher möglichst von ihrem Bekanntenkreis fern.«

Timmy pickte in den Chips herum. »Bedauernswerte Moyra.«

»War sie das wirklich?« Virginia zog den Schal um ihre Schultern. »Wir schrieben noch das 19. Jahrhundert. Es gab nur wenige Frauen, die sich den Luxus leisten konnten, zu studieren oder ihr Leben mit sinnvollen Dingen zu erfüllen. Wenn ein Mädchen ins Teenageralter kam, lag seine einzige Perspektive darin, einen netten Mann zu finden. Meistens suchten die Eltern die Ehemänner für ihre Töchter aus. Sobald die junge Frau verheiratet war, wechselte sie nur die Art ihrer Unterwerfung. Bis zur Hochzeit bestimmten die Eltern ihr Leben, danach übernahm der Gatte diese Rolle. Aber Moyra hätte diesem Zwang mühelos entfliehen können. Daddy war bereit, ihr jeden Wunsch zu erfüllen. Sie hätte die Welt bereisen, sich mit Wissenschaft oder Kunst beschäftigen können. Ihr wäre möglich gewesen, was vielen anderen verwehrt war: ein erfülltes Leben zu führen.«

»Wieso hat sie das nicht getan?«

»Weil Moyras Macht, ihre tatsächliche Macht, zu verlockend für sie war.«

»Welche Macht meinst du?«

»Die Macht der Schönheit. Wer das Glück oder den Fluch erfährt, solche Schönheit zu besitzen, kann der Versuchung schwer widerstehen, diese Macht zu benützen. Moyra hat es getan. Sie hat die Männer tanzen lassen, sie spielte mit ihnen wie Puppen. Wie viele Affären sie wirklich hatte, weiß ich nicht. Ich glaube, Moyra hat es manchmal nur bei dem Spiel bewenden lassen.«

»Aber sie hatte geheiratet. War es ihr da nicht verwehrt …?« Timmy ließ die Frage offen.

»Die Verbindung zwischen Ethelred und ihr war eine reine Vernunftehe. Die beiden haben sich in diesem Punkt nichts vorgemacht. Ethelred besaß Zinkminen, Moyra die Manufakturen, die das Zink verarbeiteten.«

»Und dein Vater, was sagte er dazu?« Timmy stand auf und warf Holz ins Feuer.

»Daddy war mit dieser zweckdienlichen Heirat einverstanden, aber er hat Moyra nie dazu gedrängt. Er hätte ihr bestimmt eine glücklichere Ehe gewünscht. Fahr mich mal ein bisschen näher ans Feuer heran.«

Timmy schob den Rollstuhl vor den Kamin. »War die Ehe denn unglücklich?«

»Glück – Vertrauen – Liebe«, seufzte Virginia. »Ich finde es immer schwerer, zu verstehen, was das in Wirklichkeit ist. Traurigkeit kann zugleich auch Glück sein, Liebe ist manchmal ein Vogel, der in einer Pfütze badet. Vertrauen ist etwas, das wir in uns tragen, egal, was das Leben uns mit den Jahren beschert. Ich glaube, Moyra kannte diese Gefühle nicht, sie sind irgendwann in ihr abgestorben. Sie brauchte ununterbrochene Bestätigung, von aller Welt, von jedermann. Sie war so sehr daran gewöhnt, dass alle sie umwerfend fanden und die Männer verrückt nach ihr waren, dass sie es als unerträglich empfand, als ihre Wirkung nachließ.« Virginia sah zu Timmy hoch. »Du darfst nicht vergessen, meine Schwester war um einiges älter als ich. Als ich groß genug war, dass man mit mir etwas anfangen konnte, hatte Moyra die zwanzig schon überschritten. Und als es zu den tragischen Ereignissen kam, um die es hier geht, lag ihr dreißigster Geburtstag bereits hinter ihr.«

»Aber dreißig ist doch kein Alter.«

»Kein Jahrhundert hat so viel für die Sache der Frauen getan wie das zwanzigste«, erwiderte Virginia. »Heute ist das alles anders, aber zur Zeit der Jahrhundertwende war eine Dreißigjährige bereits eine alternde Frau. Sie hatte die schönste Blüte hinter sich. Ich habe erst spät begriffen, wie verzweifelt Moyra gewesen sein muss. Ihre Schönheit war nicht mehr unumstritten, die Jüngeren rückten nach. Deshalb musste sie sich beweisen, dass sie immer noch jeden Mann haben konnte. Jeden. Auch einen, der gar nichts von ihr wissen wollte.«

»Das war Sir Simon.« Timmy setzte sich dicht ans Feuer. Der Lichtschein der Flammen spielte in seinem rötlichen Haar. Virginia streichelte seinen Kopf.

»Du hast ihre Haarfarbe, weißt du das?«

»Wirklich?« Er genoss diese sonderbare Stunde. Timmy saß am Kaminfeuer, zu Füßen seiner Großmutter und ließ sich Geschichten erzählen. »Der Mann, der nichts von Moyra wissen wollte, war also der Bruder des Duke?«

»So ist es. Ich habe Sir Simon kennengelernt. Er war ein zarter … Nein, das trifft es nicht. Er war ein ungemein seelenvoller junger Mann, gerade erst zwanzig geworden. Er war genau das richtige Objekt für Moyra, jung, elegant, aus bestem Haus und ein hoffnungsloser Romantiker. Moyra warf ihre Netze aus, und Simon verfing sich rettungslos darin. Einige Zeit ließ sie sich seine keusche Anbetung, all die Gedichte und heimlichen Briefchen gefallen, aber bald schon verführte sie ihn nach allen Regeln der Kunst. Simon hat in meiner Schwester offenbar die Vollendung der Liebe gesehen. Er konnte einfach nicht mehr ohne sie leben. Aber Moyra war verheiratet, und auch wenn Ethelred das Gemüt eines Bären im Winterschlaf hatte, wurde es ihm irgendwann zu bunt. Er machte ihr klar, dass die Affäre nicht nur seiner, sondern auch ihrer Reputation schadete. Das hat Moyra überzeugt. Im Grunde lag ihr ja nichts an Simon, sie missbrauchte ihn nur als Spiegel für ihre Eitelkeit. Die Bedingungslosigkeit seiner Verehrung schmeichelte ihr.«

»Und dann?«

»Bedingungslose Liebe kann genauso langweilig werden wie alles, was man im Übermaß erfährt. Moyra langweilte sich, sie wurde Simons überdrüssig. Sie hat mir nicht alles erzählt, aber es war wohl so, dass sie ihn ein letztes Mal traf, mit ihm geschlafen hat und ihm darauf mitteilte, dass es aus zwischen ihnen sei. Sie liebe ihn nicht mehr, er solle rasch darüber hinwegkommen. In der kommenden Zeit schrieb Simon ihr täglich, wochen-, monatelang. Er tauchte nachts auf unserer Insel auf und schlief unter Moyras Fenster. Sie empfand das als Belästigung und als ihr verzweifelter Geliebter wieder einmal im Freien ausharrte, ging sie hinunter. Während der darauffolgenden Unterredung muss sie ihn tödlich beleidigt haben. Sir Simon verließ die Insel. Zwei Tage später sprang er von der höchsten Klippe Somersets in die Tiefe. Sein Leichnam wurde erst Tage später an Land geschwemmt. Natürlich war der Vorfall ein Schock für Moyra, zugleich wurde ihr dadurch der aufdringliche Liebhaber vom Hals geschafft. Womit sie nicht gerechnet hatte, war die dichterische Begabung Simons. Offenbar hatte er vor seinem Tod alles aufgeschrieben, sein Liebesglück, das Liebesleid, auch die Kälte, die Gemeinheit, die abgrundtiefe Bosheit Moyras. Diese Blätter fand der Duke im Zimmer seines toten Bruders.«

»Aber hätte Simons Liebesbeichte wirklich ausgereicht, um deine Familie einem Skandal auszusetzen? Genügten diese Aufzeichnungen als Druckmittel, um dich zu zwingen, die Frau des Duke zu werden?«

»Ich bin nicht seine Frau geworden.«

»Ich weiß. Aber deine Verzweiflung war doch nicht gespielt. Du glaubtest wirklich, dich für die Ehre deiner Familie opfern zu müssen.«

Virginia schob den Stuhl zurück und rollte zum Fenster. Es war dunkel geworden. Der Wind toste um die Insel. Die *Kathedrale zu den vier Winden*, so nannte man St. Michael's Mount von alters her.

ACHT

Der bemitleidenswerte Patters wurde auf einer Bahre den steilen Weg vom Schloss zum Hafen hinuntergetragen. Man brachte ihn ins *West Cornwall Hospital* nach Penzance.

Ohne Aufsehen reiste der Duke of Hailsham ab. Virginia nahm an, er selbst hatte wohl keine Lust mehr, die Maskerade des glücklichen Bräutigams zu spielen, solange seine wahre Angelegenheit nicht zufriedenstellend gelöst war. Vom Fenster aus sah sie zu, wie ihr Vater den Duke auf die Schlossterrasse begleitete, von der Freddie den Abstieg zum Hafen nahm. Obwohl alle Weihnachtsvorfreude, alles Glück der bevorstehenden Verlobung binnen eines Tages einer grausamen Enttäuschung gewichen waren, fühlte Virginia vor allem Erleichterung, weil sie nicht mit Freddie verlobt worden war.

Schluss mit Freddie, dachte sie und lief mit großen Sprüngen in die Halle. Den Spuk der letzten Tage wollte sie abschütteln. Ihr Vater brauchte Hilfe. Sir Thomas war ein weltgewandter Adeliger, ein nüchterner Geschäftsmann, eingefleischter Corne, ein gewandter Redner im House of Lords, doch ohne seinen Butler, seinen Vertrauten und Gefährten, fühlte sich der Earl hilflos. Der Unfall des alten Mannes hatte ihm vor Augen geführt, dass Patters eines Tages, vielleicht schon bald, nicht mehr da sein würde. Der Lord selbst fühlte das Alter herannahen. Seine erstgeborene Tochter konnte das Geschlecht der Trevelyans nicht fortsetzen, Moyra bekam keine Kinder. Und Virginia, das Nesthäkchen, war selbst noch ein Kind.

Verloren saß der Earl in St. Anthony's Hall, wo gestern noch ein Fest gefeiert werden sollte. Kein Diener traute sich in seine Nähe, alle spürten die Trauer und Verwirrung ihres Lords. Allein saß er an der riesigen

Tafel, das graue Haar wurde vom Luftzug sachte bewegt. Er hatte den Kopf in die Hände gestützt und murmelte etwas.

Vorsichtig trat Virginia näher. »Mit wem sprichst du, Daddy?« Noch zwei Schritte. »Papa?«

»Alle gehen fort«, hörte sie ihn sagen.

»Wer denn? Wer geht fort?«

»Alle fort. Früher oder später. Alle fort.«

Virginia hatte schon erlebt, dass ihr Vater in Zeiten des Trübsinns, der Sorge, manchmal auch nur, wenn sich das Wetter tagelang nicht aufhellen wollte, in eine Melancholie verfiel. Dann blieb er in seinem Zimmer, aß kaum etwas und überließ das Tagesgeschäft dem treuen Patters. Wenn Virginia dann an seine Tür klopfte, hörte sie ihn auf und ab gehen und mit sich selbst sprechen. *»Schwere Wolken über St. Michael's«*, seufzte er dann, ohne zu öffnen. Der schwere Unfall seines Butlers schien diese Gemütslage wieder bei ihm auszulösen.

»Patters ist eine alte cornische Eiche«, sagte Virginia. »So ein Baum ist nicht so schnell zu fällen. Sie tun im Krankenhaus bestimmt alles, damit er rasch wieder gesund wird. Vielleicht ist er zu Weihnachten schon zu Hause.«

Sir Thomas hob den Kopf. »Alles ist seit dem Sturm geschehen.«

»Der Sturm? Was meinst du?«

»Der Fluch ist wieder da. In der Nacht, als der Sturm tobte, ist der Fluch wieder erwacht.«

»Wie kommst du nur auf solche Gedanken, Daddy?« Sie legte ihm die Hand auf die Schulter.

»Du weißt es doch selbst«, erwiderte er mit flackernden Augen. »Der Sturm hat den Schlussstein aus der Verankerung gelöst. Der Stein, der über die Geschicke der Trevelyans wacht, ist ins Meer gestürzt.«

Sie wusste alles, besser sogar noch als ihr Vater, hatte sie doch gerade erst die Niederschrift der Familienlegende gelesen. *Es wird keinen Frieden geben auf St. Michael's. Elend wird herrschen. Kein Stein soll auf dem anderen bleiben.*

Als ihr Vater Virginia ansah, zwang sie sich zu einem zuversichtlichen Lächeln. »Ach, das sind doch nur alte Geschichten, Daddy. Wer wird darauf schon etwas geben?«

Wehmut trat in seine Augen. »Ich kann mich nicht erinnern, dass du mich je belogen hättest, mein Liebling. Gerade hast du es getan.«

»Papa.« Sie stürzte auf die Knie und legte ihren Kopf in seinen Schoß. Wenn er wüsste, um wie viel schrecklicher seine dunkle Ahnung in Erfüllung zu gehen drohte! Der Mann, den Sir Thomas als Schwiegersohn in seine Familie aufnehmen wollte, war ein eiskalter Betrüger. Moyra würde dem Vater keine Stütze sein, da sie nur an einem einzigen Menschen Interesse zeigte, an sich selbst. Und Patters, der älteste Vertraute des Lords, kämpfte um sein Leben. Dabei stand Weihnachten vor der Tür.

»Weihnachten, Daddy.« Sie richtete sich auf. »Weihnachten ist das Fest der Versöhnung und der Liebe. Der Geist der Weihnacht hilft allen Menschen auf der ganzen Welt. Wir wollen darauf vertrauen, dass dieser Geist keinen Bogen um unsere Insel macht.«

Der Earl straffte die Schultern. »Recht hast du. Was sollen wir also tun?«

»Wir brauchen zuallererst Ersatz.«

»Wofür?«

»Für Patters.«

»Du willst meinen Freund, den engsten Mitarbeiter bereits meines Vaters, einfach ersetzen?«, entgegnete er konsterniert.

»Nur solange, bis Patters wieder gesund ist. Während der Feiertage«, beschwichtigte sie. »Das traditionelle Weihnachtsfest kann unmöglich ohne Chefbutler stattfinden.«

»Die Adventszeit ist bereits fortgeschritten. Glaubst du wirklich, dass wir jetzt noch jemanden finden, der unseres Vertrauens würdig und vor allem frei sein sollte?«

»Ich will es versuchen.«

»Du?«

»Ich fahre heute noch nach Falmouth in die Agentur. Wenn uns jemand helfen kann, dann Mr Guinness.«

»Das stimmt«, antwortete der Lord nach kurzer Überlegung. »Mr Guinness hat uns noch zu allen Anlässen vertrauenerweckendes Personal geschickt.«

Sie sprang auf. »Gut. Ich fahre sofort. Und du, Papa – «

»Ja?«

»Du ruhst dich aus. Warum nimmst du nicht ein Bad?«

Der Earl schnupperte an seinem Gehrock. »Deutest du durch die Blume an, dass ich ein Bad nötig hätte?«

»Ich deute an, dass du dir etwas Gutes tun sollst. Ein heißes Bad im Dezember ist genau das Richtige.«

Innig sah er sie an. »Was täte ich, wenn ich dich nicht hätte, mein Liebling?«

»Aber du hast mich doch, Daddy. Du kannst dich auf mich verlassen.«

Ihre Umarmung war kurz, voll Verzweiflung und voller Hoffnung. Virginia stürmte davon, sie durfte die Ebbe nicht verpassen. Wenn sie es zu Fuß ans Festland schaffte, wo die Kutsche des Earl bereitstand, konnte sie in etwas mehr als einer Stunde in Falmouth eintreffen und Mr Guinness noch vor dem Mittagessen sprechen.

———— ◆ ————

Mit einem schnellen, ausgeruhten Pferd wäre es ein Leichtes, die Küstenstadt Falmouth binnen einer Stunde zu erreichen. Die Strecke führte über Praa Sands, Breague, Penryn und Flushing zur anderen Seite der Halbinsel. Doch mit Archibald, dem Wallach der Trevelyans, dauerte die Fahrt geschlagene zweieinhalb Stunden. Alles an uns Trevelyans ist überaltert, dachte Virginia. Das Schloss, die Insel, der Chefbutler, sogar das Pferd war zu alt! Man konnte Archibald keinen Vorwurf machen, schließlich ging er in sein fünfzehntes Jahr und hatte die Aufgaben eines Zugpferdes lebenslang treulich erfüllt. Trotzdem verfluchte Virginia den lahmen Trott des Gaules, verfluchte Herman, den Kutscher, und die altersschwache Kutsche mit ihrer historischen Federung. Nach jeder Ausfahrt tat einem der Rücken weh; die Straßen von Cornwall verlangten den Fahrgästen einiges ab.

Zu allem Überfluss stellte Herman auf halbem Weg fest, dass die Bremsen geölt werden mussten.

»Hättest du das nicht vorher tun können?«

»Sie werden heiß, Countess. Vorher sind sie noch nicht heiß gewesen.«

»Wie lange dauert das?«

»Das geht ruckzuck, Countess.« Herman zog die Mütze.

»Lassen Sie die Mütze auf und ölen Sie lieber ruckzuck unsere Bremsen.«

»Das kann ich nicht.«

»Wieso?«

»Dafür müssen wir in Penryn bei der Schmiede halten.«

»Und was passiert, wenn wir nicht in Penryn bei der Schmiede halten?«

»Die überhitzte Bremse würde die Bremsbacken ruinieren. In dem Fall könnten wir gar nicht mehr weiterfahren.«

»Von mir aus!«, erwiderte Virginia übertrieben laut. »Halten Sie in Gottes Namen in Penryn und sagen Sie dem Schmied, dass er unsere Bremsen ruckzuck ölen soll.«

»Wie Sie wünschen, Countess.« Bevor er weiterfuhr, zog Herman noch einmal die Mütze.

Wie nicht anders zu erwarten, war Mr Guinness bereits zum Lunch gegangen, als sie Falmouth endlich erreichten. Ärgerlich wegen der Verzögerung sah sich Virginia in der Agentur *Guinness & Co.* um.

»In welches Lokal geht Mr Guinness gewöhnlich zum Mittagessen?«, fragte sie die Sekretärin.

»In kein Lokal. Er geht nach Hause zu seiner Frau, Countess.«

»Da dürfen wir ihn natürlich nicht stören«, zischte Virginia. »Wann kommt er wieder?«

»Er wollte heute noch zu seiner kranken Mutter«, gestand die Sekretärin. »Ich weiß nicht, ob er überhaupt noch einmal hereinkommt.«

Es ist der Fluch, dachte Virginia. Alles hat mit dem Fluch zu tun. *Elend wird herrschen.* Das Elend setzte sich sogar in Falmouth fort.

»Verzeihen Sie«, sagte jemand, der gar nicht im Zimmer war.

Im Raum nebenan, nur durch eine Glaswand getrennt, stand ein junger Mann auf. Es war das Wartezimmer, in dem Stellungssuchende, in der Hoffnung, von *Guinness & Co.* vermittelt zu werden, sich registrieren ließen.

Virginia betrachtete den jungen Mann, der nun ins Sekretariat trat und sich mit vollendeter Höflichkeit vor ihr verbeugte.

»Ich habe von dem Unglücksfall gehört, der Ihre Familie ereilt hat«, sagte der Fremde mit angenehmer Stimme. »Darf ich mich vorstellen? Mein Name ist Charles Kindheart. Ich bin der Großneffe von Mr Patters.«

»Sein Großneffe? Ich wusste gar nicht, dass Patters noch lebende Verwandte hat«, entgegnete Virginia argwöhnisch.

»Mein Onkel und ich hatten in letzter Zeit wenig Kontakt zueinander«, gestand Mr Kindheart.

»Können Sie das bestätigen?«, fragte Virginia die Sekretärin.

Die dicke Frau war im Begriff, in einen Apfel zu beißen. »Mr Kindheart ist das erste Mal bei uns. Ich habe ihn vorher noch nie gesehen.«

Virginias Argwohn wuchs. »Guinness vermittelt Personal überall im Süden. Wieso hatten Sie noch nie mit dieser Agentur zu tun?«

»Weil ich bis vor Kurzem in London war«, antwortete der junge Mann.

»Bei welcher Herrschaft?«

»Ich habe nicht gedient, Countess.«

»Was haben Sie sonst gemacht?«

»Ich studiere. Geschichte und Heraldik.«

»Wenn Sie studieren und das in London tun, was wollen Sie dann bei *Guinness & Co.*? Was wollen Sie in Cornwall?«

»Ich bin hier, weil Sie mich brauchen, Lady Virginia«, antwortete Charles Kindheart mit vollkommener Offenheit.

NEUN

Sie fuhren langsam und wurden trotzdem durchgerüttelt. Seit sie Falmouth verlassen hatten, fuhren sie schweigend.

Wieso habe ich das getan?, fragte sich Virginia. Ihre Entscheidung war verrückt, fahrlässig und geradezu gefährlich. Mr Kindheart war fremd hier, niemand kannte ihn. Wenn man wenigstens Patters hätte fragen können, was er von seinem *Großneffen* hielt, wäre die Angelegenheit nicht ganz so verrückt, fahrlässig und gefährlich gewesen. Unauffällig musterte Virginia ihn von der Seite. Er sah nicht übel aus, dunkles Haar, stramm gestutzter Bart, ein wenig unbedarft wirkte er allerdings, erstaunlich für jemanden, der von sich behauptete, Geisteswissenschaften zu studieren. Ein naiver Student, so etwas gab es wohl, aber ein naiver Butler war ein Ding der Unmöglichkeit. In seinem Job musste ein Butler vorausschauend, gewinnend und streng zugleich sein. Niemand gehorchte einem Butler, dem diese drei Eigenschaften fehlten. Was sollte sie mit einem naiven Butler?

»Ich bin nicht naiv«, sagte Charles Kindheart.

Hatte Virginia das Letzte etwa stimmhaft ausgesprochen? »Das behauptet auch niemand«, beeilte sie sich zu sagen.

»Offenbar mache ich aber diesen Eindruck auf Sie.«

Statt einer Erwiderung tat sie, als ob sie aus dem Fenster sehen würde. Kaum merklich zog draußen die Landschaft vorbei. Virginias Heimat, die südwestlichste Grafschaft des Königreiches, die eigenwilligste von ganz England, war auf drei Seiten von Wasser umgeben. Durch diesen Umstand schien es einem, dass man, obwohl man sich vom Meer wegbewegte, es doch schon im nächsten Augenblick wieder vor sich sah. Der Atlantik, der Ärmelkanal und die keltische See umschmiegten Cornwall bei ruhigem Seegang, doch meistens schlug die Brandung aus allen Himmelsrichtungen gegen die Klippen. Klippen gab es hier auf Schritt und Tritt. Kaum ein Hügel, kaum eine Wiese am Meer, die nicht plötzlich abbrach und über Fels und Geröll in die Tiefe stürzte. So kam es, dass Cornwalls Kühe manchmal auf gefährlichem Terrain grasten. Das Klima war mild, doch das Wetter wechselhaft, es gediehen Pflanzen, die es in diesen Breiten eigentlich gar nicht geben sollte. All das zusammengenommen war – Cornwall.

»Ich weiß überhaupt nicht, weshalb ich Sie mitgenommen habe«, griff Virginia das Thema wieder auf. »Normalerweise hat jeder Angestellte bei uns ein Aufnahmeverfahren zu durchlaufen.«

»Die Umstände sind aber alles andere als normal, nicht wahr, Countess?« Er nahm den Hut ab und legte ihn neben sich.

Sie betrachtete seine Hände. Sonderbar arbeitsame Hände waren das, nicht die Hände eines Studenten. »Was haben Sie vor Ihrem Studium gemacht?«

»Ich bin zur See gefahren.«

Sie rückte von ihm ab. »Also hören Sie, Mr Kindheart, ich lasse mir von Ihnen keinen Bären aufbinden. Angeblich studieren Sie, außerdem wollen Sie früher Seemann gewesen sein. Dabei können Sie allerhöchstens … ich weiß nicht, fünfundzwanzig Jahre alt sein.«

»Ich war tatsächlich Matrose, Countess. Ich studiere Geschichte in London. Und jetzt trete ich bei Ihnen in den Dienst. Es hat schon alles seine Richtigkeit.«

»Seine *Richtigkeit?*«, fragte sie aufbrausend. »Ich stelle Sie lediglich zur Probe ein.«

»Verzeihen Sie, Countess. Ich wollte nicht unehrerbietig erscheinen.«

»Dann lassen Sie solche Bemerkungen. Auf dem Schloss werde ich Sie meinem Vater vorstellen. Er allein trifft die endgültige Entscheidung.«

Praa Sands war nun nicht mehr weit. Sie erreichten Marazion, als die Flut bereits einsetzte, trotzdem entschied Virginia, die Überfahrt zu wagen. Nach Rückgang der Flut sollten Pferd und Kutsche ins Dorf zurückkehren.

Auf halber Strecke begann das Wasser an den Wagenrädern hochzusteigen. Das Ziel lag in Reichweite, sie hätten es wohl auch noch geschafft, doch plötzlich verließ Archibald der Mut. Das Pferd konnte nicht mehr erkennen, wo es hintrat. Vor ihm Wasser, seitlich Wasser, rund um das Pferd dehnte sich der Ozean aus. Archibald blieb stehen, als ob er nie wieder einen Schritt tun würde. Herman versuchte es im Guten, er lockte, er rief dem Wallach ermunternd zu, er benützte sogar die Peitsche. Vergebens. Der alte Gaul versank bereits bis zum Bauch im Meer.

»Was machen wir, Herman?«, rief Virginia dem Kutscher zu. Schon drang das Wasser zu den Türen herein. Die Flut stieg schnell.

»Wir könnten alle zusammen auf das Dach klettern«, antwortete Herman. »Da wären wir sicher.«

»Und was ist mit Archibald? Er kann nicht auf das Dach klettern.«

Hilflos kratzte sich der Kutscher unter seiner Mütze. »Ich weiß nicht!«

Das Wasser stieg dem Wallach bis zur Brust. Archibald verfiel nicht in Panik, er versuchte nicht auszubrechen. Gottergeben sah er zu, wie das Meer ihn zu verschlingen drohte.

Ohne Ankündigung, ohne ein einziges Wort, sprang Charles Kindheart aus dem Wagen. Er fand rundum keinen Grund mehr und musste schwimmen. Der junge Mann schwamm im Dezembermeer auf das Pferd zu, schirrte es aus, fasste Archibald am Zaumzeug und brachte ihn dazu, auf dem unterseeischen Pfad kehrtzumachen. Er dirigierte den Wallach an die Seite der Kutsche.

»Steigen Sie auf, Countess.«

»Ich soll …?«

»Zögern Sie nicht. Sonst verliert Ihr Pferd endgültig den Grund unter den Hufen.«

Virginia schwang sich auf Archibalds Rücken. Kindheart machte abermals kehrt und zog den schnaubenden Archibald durch die Fluten unbeirrt auf die Insel zu.

»Und ich?«, rief Herman ihnen nach.

»Sie steigen auf das Dach der Kutsche«, antwortete Virginia. »Wenn die Ebbe einsetzt, schicke ich jemanden, der Sie abholt.«

Vor ihr schwamm der Fremde durch das graugrüne Wasser, tapfer teilte auch Archibald die Wellen. Nach einer Weile stieg der Weg an, Ross und Reiterin tauchten aus den Fluten auf. Kindheart fasste wieder Tritt. Sie erreichten St. Michael's Mount. Am Ufer erwartete sie der Earl.

»Ich habe euch vom Turm aus gesehen«, begrüßte Sir Thomas die Ankömmlinge. »Eine außergewöhnliche Leistung«, lobte er den klitschnassen jungen Mann, der Virginia vom Pferd half.

»Das ist Mr Kindheart«, erklärte sie. »Ich habe ihn zur Probe eingestellt.«

»Zur Probe, wofür?«

»Als Butler, Daddy.«

»Sind Sie für einen Chefbutler nicht recht jung?«, entgegnete ihr Vater überrascht.

»Es hat schon alles seine *Richtigkeit*«, sagte Virginia, bevor Kindheart etwas erwidern konnte. »Glaub mir, Papa, es hat seine Richtigkeit.«

ZEHN

Timmy öffnete die Tür ins Freie. Ein leichter Wind, der Geruch von Gischt und Algen, hungrige Möwen stolzierten vor dem Cottage umher. Auf der Schwelle fand er einen Korb mit Toastbrot, Orangenmarmelade, Milch und Tee.

»Frühstück, Nana!«, rief er. »Wer hat uns denn das gebracht?«

Virginia hatte wunderbar geschlafen. Sie lag noch im Bett. Was immer es an Bösem auf dieser Insel geben mochte, in dem wunderbaren Cottage war sie davor gefeit. Sie fühlte sich heute Morgen so unbeschwert wie das junge Mädchen, das vor vierundachtzig Jahren in diesem Haus glücklich gewesen war.

»Ein Tee wäre großartig«, antwortete sie.

»Ich sehe hier leider nirgends einen Toaster«, rief Timmy aus der Küche.

»Du kannst die Brotscheiben auf dem Herd rösten, so wie wir das früher gemacht haben.«

Virginia sah alles so deutlich vor sich, als ob es in diesem Augenblick stattfinden würde. Man musste den guten alten Herd anfeuern und die gusseisernen Platten blankscheuern. War der Ofen erst heiß, brauchte man die Brotscheiben nur ein paar Sekunden daraufzulegen, gleich waren sie knusprig und krachten, wenn man hineinbiss. Ach, und die *clotted cream*, schwärmte Virginia mit geschlossenen Augen. Gab es ein größeres Glück als *clotted cream* auf Weißbrot, eine Tasse Tee und den Blick aufs Meer?

Vergangenen Abend war Harry Starmuehler nicht mehr aufgetaucht, wahrscheinlich um zu demonstrieren, wie rücksichtsvoll er sein konnte. Aber heute würden sie auf seinen Besuch bestimmt nicht lange warten müssen. Seine Neugier war zu groß.

Da man Starmuehler mit der Renovierung des Schlosses beauftragt hatte, musste er ein tüchtiger Architekt sein. Aber er war mehr als das. Virginia hatte keinen Beweis dafür, doch ein Gefühl sagte ihr, dass dieser Mann auf der Jagd nach dem *Herz von Cormoran* war. Der unheilvolle Stein hatte schon die Phantasie vieler Menschen beflügelt. Fast ein Jahrhundert hielt sich die Sage nun, dass das Herz damals, um die Jahrhundertwende verschwunden sei, es sich aber immer noch auf St. Michael's befinden müsse. Das *Herz von Cormoran*, der Schatz von St. Michael's – Unglück, Niedergang und Tod gingen damit einher. Der Fluch der Trevelyans war in Erfüllung gegangen, und seine Wirkung hielt immer noch an. Virginia hatte sich vorgenommen, den alten Fluch zu brechen. Sie wollte der bösen Macht, die die Insel beherrschte, Frieden bringen. Das *Herz von Cormoran* musste endlich Ruhe finden.

»Ich glaube, ich habe es geschafft«, rief Timmy von drüben.

»Was denn?«

»Den Herd anzuzünden.«

»Lass das Brot nicht zu lange auf der Platte, sonst verkohlt es.«

»Ich passe auf.«

Aus der Küche klirrte und rumorte es. Man hörte

förmlich, wie viel Spaß Virginias Enkel hatte, in dem Häuschen am Hafen Frühstück zu machen.

Sie schaute nach dem Wetter. Die Wolken würden sich nicht lange halten, Virginia freute sich auf einen prächtigen Frühlingstag. Und dort kam auch schon Mr Starmuehler. Mit federnden Schritten lief er auf das Cottage zu.

Schwindelnde Höhe, schwankendes Seil; Virginia hatte keine Angst, emporzuschweben. Es war sogar ein Vergnügen. Noch nie hatte sie die verwitterten Mauern aus dieser Perspektive gesehen. Moos und Flechten, festgewachsene Krebsschalen entdeckte sie auf den Steinen, die dem Meeresklima seit hunderten Jahren trotzten. Unausgesetzt zerstörte das Meer, was der Mensch in seiner Nähe errichtete. Das Salz fraß an den Türen und Beschlägen, der unausgesetzte Wind höhlte den Mörtel aus, die Feuchtigkeit besorgte den Rest. Der Mensch wäre klug beraten gewesen, nicht am Meer zu bauen, und doch gab es für ihn nichts Schöneres, als sich an den Ufern der Unendlichkeit niederzulassen.

Virginia baumelte mit den Beinen im Wind. Vier Männer achteten darauf, dass der Lastenaufzug mit seiner ungewöhnlichen Fracht ruhig und gemächlich emporschwebte. Zwei sicherten von oben, zwei bedienten den Motor zu ebener Erde. Aus der Tiefe starrte Timmy ängstlich zu seiner Großmutter hoch. Er konnte kaum fassen, dass die Hundertjährige diesem schwankenden Transportweg zugestimmt hatte. »Könnte man dich stattdessen nicht hinauftragen?«, hatte er vorgeschlagen. Lächelnd war Virginia in den Lastenkorb gestiegen und hatte sich von Starmuehler festschnallen lassen.

»Wir sehen uns dann oben«, hatte der Architekt gesagt.

Das große Fenster von St. Anthony's Hall kam nun in Sicht, von dem aus Virginia als Kind tagtäglich aufs Meer geschaut hatte. Fast hundert Jahre später näherte sie sich diesem Fenster nun von außen. Als sie fast auf gleicher Höhe war, stockte die Fahrt plötzlich. Ruckend hielt der Lastenkorb an, schwang hin und her. Er schwang sogar beängstigend hin und her. Virginia entging nicht, dass die Männer an den Seilen unruhig wurden.

Sie hörte Satzfetzen. »*Aus der Rolle gesprungen!*«,

»*Vorsicht, das Zugseil, nein, nein!*« In der Tiefe wurde der Motor ein- und wieder ausgeschaltet. Virginia sah Timmy auf Starmuehler einreden, sah die beruhigenden Gesten des Baumeisters.

Nun, so sitze ich eben ein wenig länger hier oben, dachte sie. Bestimmt werden sie das Problem gleich lösen. Ein weiterer Ruck, ein kurzes Absacken der Kabine zeigten ihr, dass die Lösung des Problems wohl noch auf sich warten ließ. Virginia lachte in sich hinein. Der Fluch hatte nichts von seiner Kraft und Wirkung verloren. Das böse alte Schloss wollte es ihr schwer machen, seine Mauern zu erobern.

Die schwindelnde Höhe fand sie nun doch ein wenig angsteinflößend. Virginias Blick schweifte nicht länger in die Weite. Sie schaute durch das große Fenster in die Halle, das eigentliche Wohnzimmer der Familie, solange sie zurückdenken konnte. Hier hatte sich die kleine Virginia mit ihren hölzernen Spielsachen vergnügt. Als sie das Schaukelpferd zu toll geritten hatte, brach es mittendurch. Sie war auf dem Hintern gelandet. Alle hatten gelacht, am lautesten Moyra. Virginia war so wütend geworden, dass sie das Schaukelpferd jähzornig ins Kaminfeuer warf. Das Pferdchen knisterte und brannte lichterloh.

Die große Feuerstelle hatte Virginia immer Ehrfurcht eingeflößt. In den Sommermonaten, wenn der Kamin kalt blieb, war sie manchmal darin gekauert und hatte die Halle sozusagen mit den Augen des Feuers betrachtet.

Ihr Blick erkundete den dämmerigen Raum hinter der Glasfront weiter. Zwischen den Pilastern, die das Gewölbe trugen, entdeckte sie den Schlussstein. Er besaß eine andere Form als der Stein unter der Dachbekrönung, aber er diente der gleichen Funktion. Im Moment, als sie den Stein entdeckte, wurde es Virginia mit einem Mal eiskalt. Der Hauch des Todes wehte sie an. Dort, zwischen den Säulen hatte sie mit ihrer Schwester gesprochen. Die Erinnerung daran war noch so frisch, als ob seitdem nicht vierundachtzig Jahre vergangen wären.

ELF

»Er muss hier sein. Und du weißt, wo.«

»Ich habe keine Ahnung, was du meinst.« Virginia senkte die Stimme. So groß die Halle auch war, die Diener sollten nichts von ihrem Gespräch mitbekommen.

Moyra war im Morgenmantel erschienen, um ein spätes Frühstück einzunehmen. Im Hintergrund wärmte ein Valet die Platten auf, damit die Countess sich bedienen konnte.

»Wieso sollte ich etwas von einem Stein wissen, der gar nicht existiert?« Virginia log schlecht, und sie wusste es.

»Weil du Daddys Liebling bist. Weil er dich in alle Geheimnisse des Schlosses einweiht.«

»Hast du etwa auch die Chronik gelesen?«, fragte Virginia erschrocken.

»Welche Chronik meinst du?«

»Unsere Familienchronik.«

»Wozu sollte ich den staubigen Wälzer hervorholen?« Während sie redeten, drängte Moyra ihre Schwester immer weiter zurück, bis Virginia zwischen den Pilastern mit dem Rücken zur Wand stand.

»Weil dort alles über das *Herz von Cormoran* steht.« Sie fühlte die kalte Mauer.

»Dieses Herz ist in Wirklichkeit gar kein Herz, nicht wahr?«, fragte Moyra lauernd. »Es ist ein Edelstein, und er ist hier. Ich muss ihn haben.«

»Niemand außer Freddie hatte bisher die Vermutung, dass das *Herz von Cormoran* ein Edelstein ist«, flüsterte Virginia. »Du musst mit ihm gesprochen haben.«

»Wieso auch nicht?« Moyra zog den Morgenmantel vor der Brust zusammen. »Glaubst du, ich lasse mir meine Erbschaft stehlen, nur weil der zart besaitete Bruder des Duke von einer Klippe springt? Simon war ein Schwächling, geistig umnachtet. Ich habe mit seinem Tod nichts zu tun. Aber ich bin bereit, mit dem Duke einen Deal einzugehen.«

»Wie sieht der aus?«

»Ein simpler Tausch.« Moyra lächelte siegessicher. »Ich kriege die belastenden Schriften von Sir Simon, der Duke bekommt dafür den mysteriösen Stein. Wir lösen die Probleme des anderen und leben fortan in Frieden und Glück.«

»Mit diesem … diesem Menschen hast du einen Pakt geschlossen?«, entgegnete Virginia ungläubig.

»Du solltest dich am meisten darüber freuen. Sobald Freddie den Stein hat, bleibt dir die Ehe mit ihm erspart.«

»Es gibt keinen Stein!«, stieß Virginia hervor. »Du bietest dem Duke eine Sache an, die nicht existiert. Und selbst wenn es ihn gäbe, wäre er während des letzten Sturmes ins Meer gestürzt.« Virginia zeigte nach oben. »Der Schlussstein ist aus der Dachbekrönung herausgebrochen.«

»Ich weiß.« Bevor Moyra weitersprach, wartete sie, bis der Valet die Halle verlassen hatte. »Freddie hat mir seine Schandtat gestanden. Er selbst hat den Stein herausgehauen, weil er darin das Herz vermutet hat. Aber es war nicht da. Es muss woanders sein, und zwar hier im Schloss. Du wirst mir helfen, es zu finden. In deinem eigenen Interesse.«

»Das sind Hirngespinste!«, beschwor Virginia ihre Schwester. »Es ist die fixe Idee von Freddie. Und jetzt hat er dich damit angesteckt. Ich kann dir nicht sagen, wo du diesen Stein findest, weil ich nicht wüsste, wo man ihn suchen soll!«

»Sie suchen etwas, Countess?«, fragte eine ruhige, freundliche Stimme. »Haben Sie etwas verloren?«

Beide Schwestern drehten sich um.

»Ich habe Sie nicht eintreten hören, Kindheart«, erwiderte Virginia.

»Wie kommen Sie dazu, sich hier anzuschleichen?«, fragte Moyra. »Haben Sie etwa unser Gespräch belauscht?«

»Verzeihen Sie, Countess.« Der neue Butler machte eine korrekte Verbeugung, zog sich aber nicht zurück, wie es seine Pflicht gewesen wäre, sondern trat ungeniert näher. »Man sagte mir, das Rührei sei ausgegangen. Ich wollte mich erkundigen, ob Sie frisches Rührei wollen, Countess.«

»Ich pfeife auf Ihre Eier«, giftete die ältere Schwester. »Mir kommt vor, Sie spionieren hier herum.«

»Moyra!«, ging Virginia dazwischen.

»Hör auf mit deinem *Moyra!* Wieso hast du nur einen Tag nach Patters' Unfall einen Wildfremden aufs Schloss geholt, der unsere Gespräche belauscht?«

Der Angriff machte Virginia für einen Moment sprachlos, sie fasste sich aber sofort. »Weihnachten steht vor der Tür. Es gibt kein Weihnachtsfest ohne Chefbutler. Daddy hat mir freie Hand gelassen.«

»Ach Daddy! Der lässt dir doch in allem freie Hand. Wer sind Sie überhaupt?«, fuhr Moyra den Butler an. »Woher kommen Sie, was haben Sie bisher gemacht?«

Jeder andere in Kindhearts Position hätte nun der ältesten Tochter des Hauses Rede und Antwort gestanden. Er war auf Probe eingestellt worden und konnte von Moyra jederzeit gekündigt werden. Allein, dass er sich in den Disput der Schwestern eingemischt hatte, reichte für eine fristlose Entlassung. Aber Kindheart unternahm nichts zu seiner Verteidigung. »Darf ich mich in dem Zusammenhang nach dem Befinden meines bedauernswerten Großonkels erkundigen?«, fragte er stattdessen.

»Es hat ihn schlimm erwischt«, antwortete Virginia. »Aber unser lieber Patters ist von erstaunlichem Lebenswillen. Er wird es schaffen, sagt Dr. Murphy.«

»Das freut mich zu hören, Countess.« Kindheart verbeugte sich. »Ich erlaube mir nochmals, mich nach den Eiern zu erkundigen.«

»Die Eier?«, konterte Moyra.

»Das Rührei, Countess.«

»Richtig, das Rührei.« Versonnen stand sie da, den Kopf seitlich geneigt, als ob sie ein wichtiges Problem zu bedenken hätte. »Wissen Sie was? Ich hätte gern drei frische Rühreier und ein paar Tomaten.«

»Selbstverständlich, Mylady.« Unhörbar, wie er gekommen war, zog Kindheart sich zurück.

»Hält man so was für möglich?«, murmelte Moyra. »Also das ist wirklich … das ist wirklich eine gute Idee, mir frisches Rührei zu machen.«

Virginia musterte ihre schöne Schwester. Das rote Haar fiel ihr über die Schultern. Im flaschengrünen Morgenmantel schlenderte sie an die Tafel und setzte sich an ihren Platz. Was war geschehen? Was hatte Kindheart getan, um diesen Stimmungswechsel bei Moyra zu bewirken? Noch vor einer Minute war sie die streitbare, herablassende Countess, die im Vorübergehen über das Schicksal von Angestellten bestimmte. Und im nächsten Augenblick bestellte sie lammfriedlich ein zweites Frühstück. Ein ungewöhnlicher Mensch, der neue Butler. Virginia hatte die sonderbare Wirkung dieses Mannes bereits an sich selbst gespürt. Sie konnte schwer beschreiben, worin seine Wirkung bestand. Er hatte etwas unerklärlich Intensives, war dabei aber weder aggressiv noch manipulierend, sein Auftreten strahlte Frieden und Gelassenheit aus. Wenn er etwas sagte, gewann man die Überzeugung, es müsse das Richtige sein. Man hatte nicht den Wunsch, ihm zu widersprechen, im Gegenteil, man wollte der gleichen Meinung sein wie Mr Kindheart. Äußerst seltsam, in der Tat.

Täglich rückte das Weihnachtsfest stärker in den Mittelpunkt. Was seine Arbeit betraf, hätte Virginia keine bessere Wahl als Mr Kindheart treffen können. Was er selbst leistete, war beeindruckend, aber auch die Anstrengungen, zu denen er das Personal motivierte, ließen das Schloss wie einen Bienenstock vor Geschäftigkeit surren und brummen. Die steinernen Löwen am Eingangsportal wurden geschrubbt und vom Moos befreit, die Treppen und Steinböden blank gewienert, wobei die Valets die Bürsten an ihre Füße schnallten und sich beim Wienern tanzend rückwärts bewegten. Die Metzger lieferten das Fleisch, die Jäger das Wild, das eingemachte Gemüse wurde aus den Fässern und das Fallobst aus den Regalen geholt. Auf hohen Leitern befreiten schwindelfreie Diener die Lüster vom Staub eines Jahres. Wo dies wegen der Höhe unmöglich war, mussten die Lichtkränze herabgelassen werden. Hunderte neue Kerzen wurden in Position gebracht.

Sir Thomas ließ sich die Menükarten für die Feiertage vorlegen. Im Großen und Ganzen war er mit den Vorschlägen von Mrs Benney, der Köchin, einverstanden, wünschte sich aber hie und da etwas Raffinertes, in der Art, wie man es in London zu Weihnachten serviert bekam. Mrs Benney runzelte die Stirn und schob die Unterlippe missbilligend vor: Das Weihnachtsdinner in Cornwall unterlag einer langen Tradition. Sie schätzte modische Abweichungen nicht, selbst wenn sie aus London kamen, sagte dem Earl aber zu, ihr Bestes zu tun. Mrs Benney vertraute darauf, dass Sir Thomas seine Sonderwünsche bis zum Fest ohnehin vergessen haben würde.

Bei der allgemeinen Betriebsamkeit überkam Virginia manchmal die Hoffnung, die Dinge auf St. Michael's würden sich schließlich noch zum Guten wenden. Doch obwohl sie tagsüber während ihrer vielen

Tätigkeiten alles andere vergaß, tauchten abends, nachdem sie ihrem Vater eine gute Nacht gewünscht hatte, die Dämonen wieder auf. Die Drohung des Duke hing wie ein Damoklesschwert über ihr. Freddie würde seine Absicht nicht aufgeben, dazu war seine Lage zu verzweifelt. Dass Moyra mit ihrem Plan Erfolg haben würde, glaubte Virginia allerdings nicht. Zwar sah man die Schwester häufig in der Bibliothek, sie schmökerte in den Folianten, die Aufschluss über die Geheimnisse auf St. Michael's gaben. Doch Moyras Ehrgeiz hielt nie lange vor. Da sie nicht fand, wonach sie suchte, kehrte sie bald zu ihren Lieblingsbeschäftigungen zurück. Sie ritt täglich aus, über den Strand von Marazion nach Penzance. Dort traf sie ihren Gatten, gemeinsam tranken sie Tee. Zum Dinner war Moyra wieder zurück und vergnügte sich in ihrer Suite mit Brandy, Zigaretten und einem Liebesroman. Da sie ihr Problem nicht lösen konnte, schob sie es einfach vor sich her. Vielleicht hoffte sie, die Drohung des Duke würde über Weihnachten wie durch ein Wunder verschwinden.

»Es wird nicht verschwinden.« Virginia stand auf der großen Terrasse und schaute zum Hafen hinunter. »Freddie wird Ernst machen.«

Ihre düsteren Gedanken drehten sich nicht so sehr um die Familienehre. Die Familie hatte nichts Unrechtes getan, Moyra war es gewesen. Moyra hatte ein junges Leben an den Rand der Verzweiflung getrieben. Wenn Virginia sich trotzdem persönlich betroffen fühlte und keinen Ausweg sah, dann wegen ihres Vaters. Sir Thomas war kein gesunder Mann. Neben der gelegentlichen Schwermut plagte ihn seit Jahren das Asthma. Die ständige Atemnot zog sein Herz in Mitleidenschaft, mit der Herzschwäche ging ein Nierenleiden einher, das wiederum seine Sehkraft beeinträchtigte. Nicht Moyra war die Kränkliche in der Familie, sondern Sir Thomas. Er unternahm rührende Versuche, seine Töchter nichts von dem sich verschlechternden Zustand merken zu lassen, aber Dr. Murphy hatte Virginia ins Vertrauen gezogen. Sie bangte um ihren Vater, den sie mehr liebte, als sie ihn spüren ließ. Der Fluch, dachte sie auf der Terrasse, der Fluch meiner Familie, ich muss ihn brechen. Ich darf nicht nachgeben, nicht zurückweichen, ich muss meinem Vater helfen, die Familie ins kommende Jahrhundert zu führen.

Wie sie so dastand und ihren Gedanken nachhing, fiel ihr Blick auf das Cottage zu Füßen des Felsens.

Früher hatte der Hafenmeister dort gewohnt. Seit dessen Tod stand das Häuschen vorübergehend leer. In dieses Haus sah Virginia Mr Charles Kindheart gehen. Das war doch sonderbar, was suchte er in der alten Kate? Wieso unterbrach er überhaupt seine Arbeit, um den steilen Pfad zum Hafen hinunterzulaufen? Vielleicht wollte er ein paar Minuten ungestört sein, im Schloss war das unmöglich. Andererseits hatte er sich nicht unerlaubt von der Arbeit zu entfernen und ein fremdes Haus zu betreten. Die Insel und alles, was sich auf der Insel befand, gehörte den Trevelyans und damit gewissermaßen Virginia. Also was wollte der Butler in Virginias Cottage?

Kurz entschlossen band sie ihre Stiefeletten fester und nahm den Abstieg. Erst über die Treppe, dann dem Pfad folgend, bis sie vor dem Haus stand. Drinnen war es dunkel, kein Geräusch zu hören.

ZWÖLF

Ich bin hineingegangen«, sagte Virginia zu sich selbst. Niemand hörte sie, nicht in dieser Höhe, nicht bei dem Wind.

Sie schwebte immer noch zwischen Himmel und Erde, und allmählich wurde ihr kalt. Der Mai mochte ein Frühlingsmonat sein, doch der Wind hatte etwas Schneidendes. Sie sah nach unten, wo ihr Enkel und der Baumeister immer noch diskutierten.

»Gleich sind wir so weit!«, rief Starmuehler. »Das Zugseil ist aus der Führung gesprungen. Wir werden es kappen und Sie nach oben ziehen.«

»Das Seil kappen?!«, hörte sie Timmy aufgeregt schreien.

»Es blockiert den Mechanismus«, erklärte Starmuehler. »Wir können die alte Lady, Ihre Großmutter, schließlich nicht dort hängen lassen.«

Die alte Lady. Sie lächelte. Mit neunundneunzig war man natürlich eine alte Dame. Wann hatte diese Veränderung eigentlich begonnen? Viele Jahre lang war sie einfach Virginia gewesen, die Abtrünnige, der Freigeist, der sich durch nichts einengen ließ, zuallerletzt durch ihre Familie. Und dann, eines Tages, war sie, die ihre Freiheit stets genossen hatte, die alte Countess geworden. »Seht nur, das ist die alte Lady Virginia«, hörte sie die Erwachsenen manchmal zu ihren Kindern sagen. »Sie ist die letzte der Trevelyans. Ein stolzes Geschlecht, eine vom Schicksal geprüfte Familie.«

Das war eben der Lauf der Zeit, dachte sie. Als sie vor vierundachtzig Jahren jenes Cottage betreten hatte, in dem Timmy und sie nun logierten, war sie die sechzehnjährige Virginia gewesen, ein neugieriges Mädchen, ein sorgenvolles Mädchen, das um das Haus herumschlich und sich nicht erklären konnte, was der neue Butler darin machte.

»Dann schneidet das verdammte Seil meinetwegen durch!«, rief Virginia Starmuehler zu. »Mir ist nämlich kalt. Und an irgendetwas stirbt man sowieso.«

Während Starmuehler lachte, starrte Timmy erschrocken zu seiner Nana hoch. Der liebe Timmy, dachte sie. Sollte sie ihm wirklich die ganze Geschichte erzählen, die volle Wahrheit? Könnte er das verkraften?

»Durchschneiden!«, befahl Starmuehler.

Virginia trat ein.

Kindheart stand in der Küche und röstete Brotscheiben auf dem Herd.

»Ich habe Sie erwartet, Countess.«

»Mich, erwartet?«

»Hier können wir uns besser unterhalten.«

»Was bringt Sie auf den Gedanken, dass ich mich mit Ihnen unterhalten möchte?«

»Im Schloss ist ständig jemand um uns und macht ein Gespräch unmöglich«, sagte er, statt einer korrekten Erwiderung.

Was bilden Sie sich ein, so mit mir zu reden?, wäre die

Antwort gewesen, die Virginia ihm normalerweise gegeben hätte. Stattdessen entgegnete sie: »Worüber wollen Sie denn mit mir sprechen?«

»Es geht eher darum, worüber Sie mit mir sprechen wollen«, sagte Kindheart freundlich.

»Ich … Ich will …? Was will ich denn?«, fragte sie überrumpelt.

»Sie wollen ein gutes, reiches, sinnvolles Leben führen, Miss Trevelyan.«

Sie störte sich nicht daran, dass er die *Countess* wegließ und sie bei ihrem Namen ansprach. »Ein gutes Leben? Ja, natürlich, will das nicht jeder?«

Die Situation war unmöglich. Er, ein Untergebener, entfernte sich eigenmächtig von der Arbeit, weil er seiner Herrin Gelegenheit zu einer Zwiesprache geben wollte. Er drang in ein fremdes Haus ein, hantierte in der Küche, als ob er hier zu Hause wäre. Woher hatte er das Weißbrot, die Orangenmarmelade? Das Wasser auf dem Herd begann zu sieden. Wo zauberte er so schnell Tee herbei? Sein ganzes Auftreten war entweder eine ungeheure Frechheit oder der abgeschmackte Trick eines Betrügers. Kindheart war ein Fremder, der sich die Position des Butlers erschlichen hatte. Virginia hatte sich durch sein Wesen blenden lassen und sah sich nun von ihm überrumpelt. Dass er der Großneffe des unglücklichen Patters war, hielt sie mittlerweile für erfunden.

Sie war im Krankenhaus gewesen. Schwach und elend, wie er war, konnte Patters nur wenig über seine Familienverhältnisse erzählen. Ob er einen Großneffen hatte, auf den die Beschreibung Kindhearts passte, blieb fraglich. Dieser junge Mann konnte also möglicherweise ein Betrüger sein. Doch welcher Art war sein Betrug? Hatte er vor, im Schloss etwas zu stehlen? Oder wollte er sich ins warme Nest setzen und seinen Posten nach Patters' Genesung nicht wieder räumen? War er gar ein Abgesandter von Freddie, ein Spitzel des Duke? Andere Erklärungen fielen Virginia nicht ein, dabei hätte sie für ihr Leben gern eine vernünftige Antwort auf die Frage gefunden, wie jemand so freundlich, so verständnisvoll sein konnte, ein junger Mann, der stets das Wesentliche zum Ausdruck brachte, sich von Konventionen nicht blenden ließ, der seine Meinung und seinen Willen ohne Druck, scheinbar ohne jede Kraftanstrengung durchsetzte – so jemand musste ihr vom Himmel gesandt worden sein. Mit wem konnte sie über ihre Sorgen denn schon sprechen? Mit ihrem Vater keinesfalls, da sie fürchtete, die Neuigkeiten könnten ihm schaden. Mit Moyra nicht, die den Abgrund, in den Virginia gestürzt war, erst aufgerissen hatte.

Sie war eine Prinzessin und lebte auf einer Insel. Prinzessinnen auf Inseln hatten weder Freunde noch Freundinnen. Früher war Freddie Virginias Kindheitsfreund gewesen, mittlerweile hatte er sich in das Gegenteil verwandelt. Sie hatte niemanden, dem sie ihr Herz ausschütten konnte. Kindheart bot es ihr an.

Sie wagte es. »Ich habe große Sorgen, Mr Kindheart.«

»Wollen Sie mir davon erzählen?«

Die Frage klang so offen und unausweichlich, dass Virginia nur offen und unausweichlich darauf antworten konnte.

Das Wasser kochte, er goss Tee auf. Auch Brot und Marmelade brachte er an den Küchentisch. Es war kalt im Cottage, doch in der Küche wurde es angenehm warm.

Virginia betrachtete den Dampf, der aus der Kanne stieg. »Haben Sie jemals etwas über das *Herz von Cormoran* gehört?«

»Das Ungeheuer von Cormoran, das meinen Sie doch.«

»Sie wissen davon?«, rief sie überrascht. »Das Herz gehörte dem getöteten Ungeheuer.«

»Sofern man der Legende glaubt.« Er öffnete das Marmeladenglas.

»Aber diese Legende steht in unserer Familienchronik.«

Kindheart schwieg.

»Haben Sie etwas anderes … eine andere Geschichte gehört?«

»Eine *Geschichte* kann man es nicht nennen.«

»Eine Sage, wenn Sie so wollen.«

»Sagen haben meist einen wahren Ursprung.«

Sie nickte vehement. »Deshalb bin ich so sicher, dass es das *Herz von Cormoran* wirklich gibt.«

Nachdenklich bestrich Kindheart eine Brotscheibe mit Orangengelee. »Ein Jüngling kommt auf das Schloss und bietet Ihrem Urahn Lord Trevelyan an, er wolle das Ungeheuer mit seinem Schwert besiegen. Der Jüngling macht sein Versprechen wahr, als Beweis bringt er das Herz des Ungeheuers nach St. Michael's Mount. Das Herz wird darauf im Schlussstein versiegelt. Solange dieser verschlossen bleibt, werden Glück und Wohlstand auf der Insel herrschen.«

»Sie kennen die Geschichte ja wortwörtlich!« Sie lachte.

»Ich kenne die Lüge, die mit der Legende geschaffen wurde.«

»Eine Lüge?« Im Begriff, in das Brot zu beißen, hielt sie inne.

»Das Ungeheuer ist eine Erfindung.«

»Von wem?«

»Ihr Urahn selbst hat diese Lüge in die Welt gesetzt.«

»Weshalb sollte er das tun?«

»Um das Verbrechen zu verschleiern.« Kindheart goss die Tassen voll.

»Ich verstehe nicht, Mr Kindheart.«

»Der erste Earl of Laureal, der das Geschlecht der Trevelyans begründete, hat dem König von England treue Dienste geleistet. Die Gattin des Lords war allerdings die Geliebte von King John. Als Ausdruck seiner Leidenschaft schenkte er Lady Trevelyan einen Stein von sagenhaftem Wert. Ein gelber Diamant von erstaunlicher Größe, man nannte ihn *Royal Heart*, das Herz des Königs. Aber Lady Trevelyan war eine kluge Frau. Sie bat ihren Geliebten, das *Royal Heart* nicht ihr zu schenken, sondern ihrem Gemahl, dem

Earl. King John erkannte die Sinnhaftigkeit darin, jeglichen Verdacht des Ehebruches im Keim zu ersticken. Er schenkte dem Earl das Herz, und Trevelyan schenkte es seiner Gattin. So hat die Lady den Edelstein zu guter Letzt doch noch bekommen.«

Voll Neugier biss Virginia ins Brot. »Aber was hat das alles …?«

Kindheart machte eine Geste, sie solle sich noch gedulden. »Unter den Trevelyans wurde das *Royal Heart* von Generation zu Generation weitervererbt. Bis zu der Zeit, als jener bewusste Urahn von Ihnen auf St. Michael's herrschte. Dessen Sohn war ein Taugenichts, ein habgieriger Bursche, der schon zu Lebzeiten des Vaters an sein Erbe wollte. Als der Earl ihm das verweigerte, bestahl er den Vater und wollte das *Royal Heart* in seinen Besitz bringen. Lord Trevelyan überraschte ihn dabei. In seinem Schrecken, ertappt worden zu sein, durchbohrte der Sohn den eigenen Vater mit dem Schwert.«

Virginias Hand mit der Tasse sank herab. »Vatermord? Hier im Schloss?«

Kindheart nickte. »Ein Schuldiger musste gefunden werden. Der Sohn behauptete, ein Meuchelmörder sei ins Schloss eingedrungen, ein Ungeheuer, das den alten Earl auf dem Gewissen habe. Er setzte eine Belohnung auf die Ergreifung des angeblichen Mörders aus.«

Virginia wischte sich einen Marmeladeklecks aus dem Mundwinkel. »Woher wissen Sie das alles? Ich habe davon noch nie gehört.«

»Ich sagte Ihnen, dass ich Geschichte studiere. Mich hat die Historie von St. Michael's immer interessiert. Ich habe die Archive durchstöbert und bin auch auf den Schlössern der Umgebung gewesen.« Er unterbrach sich. »Aber die Story ist noch nicht zu Ende. Es meldete sich tatsächlich ein Jüngling, der anbot, das Ungeheuer zu töten.«

»Es gab doch gar kein Ungeheuer.«

»Natürlich nicht.«

»Wen hat der Jüngling dann umgebracht?«

»Niemanden. Man hat nie wieder etwas von ihm gehört. Vielleicht ließ der wahre Mörder auch ihn beseitigen, vielleicht hat der Jüngling die Suche irgendwann aufgegeben. Der neue Earl verkündete jedoch, das Ungeheuer sei getötet worden und er habe das Herz des Monsters im Schlussstein der Schlossbekrönung versiegelt.«

»In Wirklichkeit hat er aber den Edelstein hineingetan!«, rief Virginia. »So war es, nicht wahr? Das *Royal Heart* ist also doch im Schlussstein gewesen.«

»Wie kommen Sie darauf?«, entgegnete Kindheart. »Es wäre höchst unvernünftig, einen solchen Schatz unter dem Dach aufzubewahren, wo er Sturm und Regen ausgesetzt ist.«

»Aber es gibt diesen Stein! Es muss ihn geben!« Virginia sprang so hektisch auf, dass der Stuhl gegen die Wand krachte. »Freddie hat also recht gehabt. Wo ist das Juwel, Mr Kindheart?«

»Ich weiß es nicht.« Er schmunzelte über ihre Aufregung. »Niemand scheint es zu wissen.«

Trotz ihrer wirbelnden Gefühle stand sie plötzlich still und musterte ihn aufmerksam. »Sind Sie deshalb hier?«

»Was meinen Sie?«

»Wollten Sie deshalb den Posten des Chefbutlers, weil auch Sie hinter dem Stein her sind?«

Er sah sie lange verwundert an. »Wie hätte ich wissen sollen, dass Sie ausgerechnet an jenem Tag nach Falmouth in die Agentur kommen würden?«

»Weil es nur diese eine Agentur in der Gegend gibt. Weil Sie der Großneffe von Patters sind und sich ausrechnen konnten, dass wir Ersatz für ihn suchen werden.«

Kindheart stand ebenfalls auf. »Nichts, was ich darauf erwidern könnte, würde Ihren Verdacht entkräften, Miss Trevelyan. Daher sage ich nur dies: Ich bin nicht hinter dem Stein her. Ich bin hier, weil ich spüre, dass auf Schloss St. Michael's gefährliche Dinge geschehen. Und weil ich glaube, dass ich Ihnen helfen kann.«

»Weil Sie es *spüren?* Was spüren Sie denn, Mr Kindheart?«

»Unglück, Countess Trevelyan. Großes Unglück. Aber es ist noch nicht zu spät, es abzuwenden.« Er lächelte. »Möchten Sie noch eine Tasse Tee?«

DREIZEHN

Du errätst nicht, wem ich vorhin in Porthleven begegnet bin!« Virginias Vater hatte eine ungewohnt gesunde Gesichtsfarbe.

Manchmal verließ Sir Thomas Schloss und Insel ganz spontan, um in der Gegend nach dem Rechten zu sehen, wie er es nannte. Der Kutscher und der treue Archibald fuhren den Earl durch die Landschaft. Unterwegs erkannten die Leute die Kutsche, erkannten den Lord, der ihnen zuwinkte. Von Zeit zu Zeit wollte er sich selbst in Erinnerung rufen, dass die Menschen hier zufrieden damit waren, dieses Land zu bestellen, sein Land, wenn es nach dem Buchstaben des Gesetzes ging. Er lieh es ihnen mit Freuden.

Der Hafenstadt Porthleven gehörte seine besondere Zuneigung. Sie lag östlich von St. Michael's, nahe der Halbinsel Lizard. Porthleven galt als der südlichste Hafen des Vereinigten Königreiches. Wer innerhalb Großbritanniens noch südlicher wollte, musste auf die Inseln ausweichen. In Porthleven kannte Sir Thomas praktisch jeden, und jeder kannte ihn. Sie grüßten ihn aus den Pubs, die Fischer winkten ihm aus ihren Booten zu, der Gemeindesekretär kam aus dem Kontor, um Sir Thomas die Ehre zu erweisen. Meistens speiste der Lord im *Goldenen Drachen* und nahm danach einen Whisky in der *Einbeinigen Seemannsbraut*. Die Besuche in Porthleven gehörten zu seinen periodischen Höhepunkten, nicht zu vergleichen natürlich mit einer Reise nach London, wenn seine Anwesenheit im House of Lords erforderlich war.

Porthlevens Hafen wies eine Besonderheit auf. Das Becken wurde von Steinwällen eingefasst, an deren schmalster Stelle die Hafenmündung durch massive Baumstämme verschlossen werden konnte. Auf diese Weise hielt man zwar nicht das Wasser, aber die

Sturmflut zurück, die in den Wintermonaten über den Ort hereinbrach. So brauchten die Fischer ihre Boote während der Sturmsaison nicht aus dem Meer zu holen, geschützt lagen sie in der Bucht vor Anker. Am Hafeneingang zeugten zwei Kanonen davon, dass Porthleven Jahrhunderte lang angegriffen, belagert und erfolgreich verteidigt worden war. Heute rosteten die Kanonen friedlich vor sich hin.

An der Mole boten Kunstmaler ihre Werke feil. Manche davon zeigten jene berühmte Szene, als Sturm und Brandung im Winter 1864 so unbändig wild gewesen waren, dass die Wellen über der höchsten Spitze des Kirchturms zusammenschlugen. Da die Kirche direkt am Strand stand, konnte selbst Gott sein Haus vor den Gewalten seiner Natur nicht schützen.

»Wem bist du denn begegnet, Papa?« Virginia war zwischen Küche und Kühlkammer unterwegs. Man hatte den Fisch für den Weihnachtstag zu früh geliefert. Um ihn frisch zu halten, brauchte sie Eis.

»Rate, mein Liebling, so rate doch.« Wie ein Wachsoldat stolzierte Sir Thomas auf und ab.

»Ich weiß es wirklich nicht, Papa. Es gibt so viele Leute, die du in Porthleven treffen könntest.«

»Aber jenen einen trifft man gewöhnlich nicht dort an«, gab er ihr einen kleinen Hinweis.

»In Porthleven?« Sie wollte ihm den Spaß nicht verderben und tat, als ob sie nachgrüble. »Alfie, den Junggesellen?«

»Falsch.«

»Tom und Molly, das Leuchtturmwärterpaar?«

»Wieder falsch.«

»Ich weiß es wirklich nicht. Den Barbier, den Gemeindesekretär, den Mann, der die beste heiße Schokolade zubereitet, die Fischhändlerin, die Äbtissin des Waisenhauses – wer war es?«

»Falsch und falsch und abermals falsch«, antwortete jemand anderes als der Earl.

Alfred Malffay, Duke of Hailsham, Herzog von Somerset und Pool, trat durch die Tür. Wie jedes Mal fiel Virginia seine Ähnlichkeit mit einem Italiener auf, schwarzes Haar, blaue Augen, und so vergaß sie im ersten Moment, was dieser Mensch ihr angetan hatte. Für diesen Augenblick war er wieder Freddie, ihr Freund. Doch die Wirklichkeit überfiel sie wie ein Dieb in dunkler Gasse.

»Du?«, flüsterte Virginia.

»Hast du mich vermisst?« Ungeniert schloss er

sie in seine Arme und küsste Virginia mitten auf den Mund. »Ich habe dich schrecklich vermisst, mein Schatz.«

»Wie schön, euch so zu sehen«, schwärmte der Earl. »Da vergisst man, dass wir Winter haben und sieht den kommenden Frühling schon vor sich.«

Da Sir Thomas sie beobachtete, löste sich Virginia nicht brüsk, sondern sachte aus den Armen Freddies. Auf keinen Fall war dessen Begegnung mit ihrem Vater zufällig gewesen. Jedermann wusste von den häufigen Visiten Lord Trevelyans in Porthleven. Freddie hatte Sir Thomas sozusagen aufgelauert.

»Was machst du in Porthleven?«, fragte sie harmlos, zugleich provokant.

»Ich habe im dortigen Gestüt ein wunderbares Pferd gefunden.« Freddie strahlte. »Ich werde es wohl kaufen.«

Von welchem Geld?, dachte Virginia. »Wunderbar«, antwortete sie jedoch. »Wie heißt das Pferd?«

In seinen Augen erkannte sie, dass er die Fangfrage durchschaute. »Es ist noch sehr jung. Es steht mir daher frei, ihm einen eigenen Namen zu geben. Was hältst du von *Virginia?*«

»Demnach ist es also eine Stute?«, mischte sich Sir

Thomas ein. »Sagtest du nicht, du hättest dich nach einem Hengst umgesehen?«

»Es war Liebe auf den ersten Blick«, log der Duke munter weiter. »Ich habe mir drei Tage Bedenkzeit erbeten.«

Sir Thomas legte die Hand auf die Schulter des Duke. »Stell dir vor, ich konnte den lieben Freddie überreden, die Weihnachtstage bei uns zu verbringen«, verkündete er.

»Nein! Wirklich?«, rief Virginia übertrieben laut. »Hast du überhaupt genügend für die Feiertage eingepackt?«, schoss sie einen weiteren Pfeil ab. »Ich nehme nicht an, dass du anlässlich eines Pferdekaufes deinen Frack dabei hast?«

»Mein liebes Kind, was ist mit dir?« Sir Thomas runzelte die Stirn. »Wieso neckst du unseren Gast auf diese aufdringliche Weise?«

»Entschuldige, Papa. Das ist die Freude, ihn wiederzusehen.« Mit energischem Griff hakte sie sich beim Duke unter und zog ihn zur Terrasse. »Komm, mein Schatz, ich habe dir so viel zu erzählen.«

»Wenn dein Vater mich so lange entschuldigt.« Wachsam musterte der Duke die Countess.

»Geht nur, geht, ihr Turteltäubchen«, lachte Sir

Thomas. Als die beiden die Terrassentür erreichten, rief er ihnen nach: »Heiligabend geben wir eure Verlobung bekannt!«

Die erste Nacht seit Freddies Ankunft. Virginia hatte das Gespräch mit dem Duke so ruhig geführt, wie es ihr unter den Umständen möglich war. Sie nahm an, dass er bereits mit Moyra gesprochen hatte, die ihm gewiss von ihren Anstrengungen, das *Herz von Cormoran* aufzuspüren, erzählt hatte. Doch die mögliche Aussicht auf den Stein schien Freddie nicht besonders zu interessieren. Im Vergleich zu seinem letzten Besuch kam Virginia das Verhalten des Duke verändert vor. Während des Abendessens zeigte er eine ungewohnte Hinwendung zu ihr, und sein chevalereskes Betragen zauberte mehrmals ein versonnenes Lächeln auf die Wangen ihres Vaters. Schließlich verabschiedete man sich und ging zu Bett.

Kurz vor Mitternacht klopfte es an Virginias Tür.

»Ja?« Sie schlüpfte in den Morgenmantel.

»Ich bin es.«

»Freddie?« Sie erschrak. »Was willst du?«

»Wir müssen reden.«

»Worüber?«

»Lass mich rein. Ich möchte nicht, dass dein Vater mich hört.«

Virginia öffnete. Nach dem Dinner hatte Freddie offenbar weiter Brandy getrunken. Seine Fliege saß schief, eine Haarlocke fiel ihm in die Stirn. Sie wollte die Tür vor dem Betrunkenen schließen, aber er stellte den Fuß dazwischen.

»Was ist denn?«, knurrte Freddie, drang bei ihr ein und ließ sich auf Virginias Bett fallen. »Ich musste dich einfach noch mal sehen, mein Schatz.«

Sie blieb an der Tür und hielt sie offen. »Was willst du besprechen?«

»Das fragst du noch?« Er lachte. »Sieh dich doch an. Wie du da stehst – *Englische Rose*«, kicherte er. »So nennt man euch Mädchen doch gewöhnlich. Du bist allerliebst, zum Anbeißen, Darling. Während ich fort war, musste ich ständig an dich denken.«

»Eine schreckliche Vorstellung.«

Er ließ sich durch ihre Kälte nicht abschrecken. »Willst du nicht die Tür zumachen? Es zieht.«

»Ich mache die Tür zu, sobald du wieder draußen bist.«

Er kam hoch und taumelte auf sie zu. »Wie du willst.«

»Du gehst wirklich?«

»Wenn du mich so reizend darum bittest.« Als er dicht bei ihr war, packte der Duke Virginia unvermittelt und zog ihren Kopf an den Haaren nach hinten. Mit dem Fuß stieß er die Tür zu. Sie wollte schreien, er presste seine Lippen hart auf ihren Mund. Sein Kuss war lang und widerlich.

»Du gefällst mir, meine englische Rose«, keuchte er. »Wir werden bestimmt ein glückliches Paar.« Er zerrte sie zum Bett und warf sie auf die Kissen. »Was hältst du davon, deinem Verlobten eine Kostprobe der Genüsse zu geben, auf die er sich freuen darf?«

Sie wehrte sich. Sie stieß ihn weg, sie trat um sich. Sollte sie schreien? Nun, da die Tür geschlossen war, würde sie kaum jemand hören. Trotz ihrer Panik überlegte Virginia fieberhaft: Mit Kraft allein konnte sie den starken Mann nicht abwehren.

»Ich hasse dich«, stieß sie hervor. »Du widerst mich an.«

»Das finde ich bedauerlich, andererseits inspiriert es mich auch.« Lachend öffnete er ihren Morgenmantel und machte sich am Nachthemd zu schaffen.

»Wenn ich Daddy rufe …«Sie versuchte, sich seinen Händen zu entwinden.

»Dann wird er dich umso rascher unter die Haube bringen wollen. Denn von heute Nacht an, mein Darling, bist du beschädigte Ware.« Ohne seinen Griff zu lockern, begann der Duke sich auszuziehen.

Virginias Hand tastete nach hinten, sie spürte die Bettkante, den Nachttisch und das raue Ding aus Brokat, jenen Stoffstreifen, der von der Decke hing. Damit ließ sich der Mechanismus auslösen, der mehrere Stockwerke tiefer ein Glöckchen in Schwingung versetzte. Wenn es erklang, wusste die Dienerschaft, dass die Countess einen Wunsch hatte. Virginia zerrte daran. »Lass mich los«, ächzte sie gleichzeitig.

Er machte sich nicht einmal die Mühe, ihr zu antworten.

»Ich habe nach dem Personal geklingelt. Sie können jede Minute hier sein.«

»Und wenn schon. Ich schicke sie wieder weg. Sie werden es nicht wagen, dem Herzog von Somerset zu widersprechen.« Lachend wälzte sich Freddie auf Virginia.

»Sie haben geklingelt, Countess?«

Kindheart stand in der Tür.

Kindheart stand in der Tür? Selbst wenn er das Glöckchen gehört und sofort losgelaufen wäre, konnte er unmöglich wenige Augenblicke später ihr Zimmer erreicht haben.

»Verschwinden Sie. Was wollen Sie?«, bellte der Duke, hielt es aber doch für richtig, von Virginia abzulassen.

»Ich kam auf das Zeichen der Countess«, antwortete der Butler mit vollendeter Höflichkeit.

»Nur ein Irrtum. Wir brauchen nichts«, gab der Duke zurück. »Gehen Sie.«

»Bitte bleiben Sie, Kindheart.« Virginia überlegte in Windeseile. Stellte sie den Duke bloß, würde es zu jenem Skandal kommen, den sie verhindern musste.

»Ich wollte Sie bitten, mir ein Buch aus der Bibliothek zu bringen«, sagte sie und kam vom Bett hoch. »Aber wissen Sie was? Ich hole es mir lieber selbst. Begleiten Sie mich. Vielleicht gibt es mehrere Bücher zu tragen.« Sie ging auf ihn zu. »Und später bringen Sie mir ein Glas heiße Milch, Kindheart.«

»Selbstverständlich, Countess.«

Virginia drehte sich um. Der Duke schob gerade sein Hemd in die Hose und strich das Haar glatt. »Möglicherweise dauert es in der Bibliothek länger,

Freddie«, sagte sie. »Du wirst müde sein. Es ist besser, wenn du zu Bett gehst.«

Wortlos stand er auf, musterte den jungen Butler und verließ das Zimmer, ohne ein weiteres Wort zu sagen.

VIERZEHN

Die Bibliothek bei Nacht. Die hohen Regale verloren sich nach oben in der Dunkelheit. Der Butler entzündete nacheinander die Gasflammen.

»Weshalb sind Sie hier, Mr Kindheart?«, fragte Virginia. »Sie tauchen immer genau im richtigen Moment auf, als ob Sie mein Schutzengel wären.«

Sie strich an den Schränken entlang, nahm einen Band heraus und stellte ihn wieder zurück. Kindheart zog währenddessen an dem zarten Draht, der die nächste Lampe zum Brennen brachte. Das Licht fiel auf sein ruhiges, beherrschtes Gesicht.

Da er nicht antwortete, sprach sie weiter. »Sie behaupten, ein Unglück würde dieses Haus ereilen, gefährliche Dinge würden geschehen. Das klingt mir offen gestanden zu gespenstisch. Es klingt, als ob niemand, auch ich nicht, etwas gegen die verhängnisvollen Vorgänge auf St. Michael's tun könnte. Es klingt, als sei alles seit Langem festgelegt.« Ihr Hand glitt über die Buchrücken. »Auch ich habe mich mitunter an die Idee verloren, dass ein Fluch auf meiner Familie lastet. Die Schlussfolgerung, alles sei vorherbestimmt, macht das Leben einfacher.« Sie drehte sich zu ihm um. »Aber das sind Hirngespinste, Mr Kindheart, Träumereien. Ich mag nicht länger träumen, ich möchte aufwachen und die Dinge so sehen, wie sie wirklich sind.«

Als er zur nächsten Lampe wollte, berührte sie seinen Arm. Kindheart blieb stehen. »Mein Vater wird mich mit einem Mann verloben, den ich nicht liebe. Alles sträubt sich in mir dagegen, Freddie zu heiraten. Aber ich bin sechzehn Jahre alt, Mr Kindheart. Ich bin unmündig. Als Countess of Laureal habe ich die Pflicht, den Wunsch meines Vaters zu erfüllen. Seit Jahrhunderten werden die Mädchen der Trevelyans auf diese Weise verheiratet. Die Ehe mit dem

Duke ist eine ehrenvolle Verbindung, die den Interessen unserer Familie dient. Sie, Mr Kindheart, dienen meiner Familie, aber ich diene ihr auch. Darin liegt das ganze sogenannte *Unglück* auf diesem Schloss. Es ist nichts Mysteriöses oder Gefährliches darin, es ist einfach der Lauf der Dinge.«

Kindheart hatte sich nicht vom Fleck bewegt. »Sie wollen Ihrer Familie dienen, indem Sie jemanden heiraten, den Sie verabscheuen?« Es waren seine ersten Worte, seit sie die Bibliothek betreten hatten.

»Ständig maßen Sie sich solch unmögliche Bemerkungen an, Kindheart«, antwortete sie sanft und ein wenig müde. »Der Duke besitzt Rechte, über die Sie Ihr ganzes Leben nicht verfügen werden. Wir leben im Vereinigten Königreich, mein Lieber. Wir handeln nach den Gesetzen, die unser Land groß und mächtig gemacht haben. Manche davon sind ungeschriebene Gesetze, doch wir handeln trotzdem danach.«

In diesem Moment ertrug Virginia ihre vernünftigen und einsichtsvollen Worte nicht länger. Was sie sagte, hätte aus dem Mund ihres Vaters stammen können. Vor ein paar Minuten hatte nur wenig gefehlt, und ihr Ruf wäre für immer befleckt worden. Der Hass, den sie gegen Freddie hegte, beschränkte sich nicht mehr auf seine Habgier und Gerissenheit, sie verabscheute ihn nun mit Leib und Seele. Der attraktive Mann, der stolze Adelige, war in seinem Inneren verkommen, gemein, abartig und grausam.

Virginias Nerven gaben nach. Sie schluchzte so plötzlich auf, dass die Tränen auf den Frack des Butlers schossen. Ihre Finger verkrallten sich in seinem Arm. Als ob er ein Rettungsanker wäre, der sie vor dem Untergang bewahren könnte, zerrte sie an ihm. Virginia weinte lauthals, stehend, mit hängendem Kopf. Sie wagte nicht, ihn anzusehen, den sonderbaren Fremden, der ihr so vertraut erschien. Langsam, absichtslos sank ihr Kopf an seine Schulter.

»Sagen Sie doch auch irgendetwas«, schluchzte sie. »Stehen Sie nicht nur so da. Tun Sie etwas, Kindheart.«

»Was immer ich jetzt tun könnte, wäre eine weitere Anmaßung.«

»Sie sind ein ziemlich anmaßender Mensch, das stimmt.« Ihr Weinen wurde leiser. »Könnten Sie mich bitte für einen Augenblick in den Arm nehmen, Mr Kindheart?«

Eine Sekunde verging. »Das sollte ich besser nicht tun, Miss.«

»Warum nicht? Niemand nimmt mich in den Arm. Schon seit Ewigkeiten nicht mehr. Meine Mama hat mich früher in den Arm genommen. Aber sie ist tot. Mein Vater umarmt mich nur an meinem Geburtstag oder zu Weihnachten. Er behandelt mich wie eine junge Dame. Alle behandeln mich wie eine junge Dame. Dabei will auch ich manchmal umarmt werden.«

Mit tiefer, ruhiger Stimme begann er zu sprechen. »Sie sind nicht gerade einfach, Miss Trevelyan, das wissen Sie. Genaugenommen sind Sie eine verwöhnte Prinzessin, die allmählich erkennt, dass ihre Privilegien Sie nicht glücklich machen, sondern wie Bleigewichte an Ihnen hängen und Sie nach unten ziehen. In Wirklichkeit sind Sie ein freier Geist, ein Feuerball aus Kraft, Ideen und Leidenschaft. Sie wissen nicht, wie Sie Ihre Verpflichtungen und Eigenschaften unter einen Hut bringen sollen. Deshalb kämpfen die verschiedenen Virginias gegeneinander. Bisher hat keine von ihnen den Kampf gewonnen.«

»Das klingt schon wieder nach einer Frechheit, Kindheart«, flüsterte sie und drängte sich noch dichter an ihn.

»Ich bin kein Gelehrter, Miss Trevelyan, aber ich weiß, wie die Welt eingerichtet ist. Ich weiß, dass wir in Großbritannien leben und an unseren Traditionen und unserer Rückwärtsgewandtheit fast ersticken. Durch die Spinnweben unseres Daseins gucken wir hinaus und behaupten, dass alles immer schon so war, also muss es auch immer so bleiben. Was bin ich? Ein Student, der sich zurzeit als Butler verdingt. Ich habe zwei Pfund in der Tasche und weiß nicht, wie mein Leben nächste Woche oder im nächsten Jahrhundert aussehen wird. Aber ich bin glücklich damit, ich bin zufrieden mit diesem Leben. Zugleich sehe ich, dass Sie trotz Ihres Standes, Ihrer Herkunft und Ihres Reichtums in einer übleren Lage sind als ich.«

»Das stimmt.« Virginia sah ihn an. »Das stimmt wirklich. Sie sind besser dran als ich, viel besser sogar. Sie können jederzeit kommen und gehen, wie es Ihnen gefällt. Ich dagegen bin gefangen. Eine Gefangene auf dieser Insel bin ich.« Sie betrachtete die feuchte Stelle auf seinem Frack. »Ich habe Ihre Schulter nass gemacht. Das tut mir leid.« Mit der Hand wischte sie darüber.

»Das trocknet wieder. Es geht mich nicht das Geringste an, Miss Trevelyan, aber ich möchte, dass es

Ihnen gut geht. Sie sind keine Gefangene auf dieser Insel, aber gefangen sind Sie leider doch. Früher oder später könnte der Feuerball aus Energie, der in Ihnen lodert und den ich so bewundere, erlöschen. Die Jahre gehen hin, und wenn man ein Leben führt, das mit dem eigenen Wesen nicht in Einklang steht, erlischt allmählich alles, woran man geglaubt, wovon man geträumt hat.«

Voll quälender Zweifel sah sie ihn an. »Es ist nicht die Aufgabe meines Butlers, mich zu retten, Mr Kindheart.«

»Da haben Sie recht, das können nur Sie allein tun, Countess. Und falls ich zu weit gegangen bin, entschuldige ich mich.«

»Sie gehen doch schon die ganze Zeit zu weit, schon seit wir uns begegnet sind.« Sie seufzte. »Haben Sie gesagt, dass Ihr Vorname Charles ist?«

»Ja, Miss Trevelyan.«

»Wie nennt man Sie zu Hause? Wie sagt Ihre Mutter zu Ihnen?«

»Charlie.«

»Charlie – oh, das ist hübsch. Das ist sogar besonders reizend. Ich möchte Sie Charlie nennen, Charlie.«

»Das sollten Sie nicht tun, Miss Trevelyan.«

»Ich heiße Virginia. Wollen Sie Virginia zu mir sagen?«

»Lieber nicht.«

Mit der Faust klopfte sie gegen seine Brust. »Ich bin Ihre Herrin und befehle Ihnen, mich Virginia zu nennen.« Sie musste über ihre unmögliche Aufforderung lachen. »Schon gut. Seien Sie auch weiterhin der korrekte, hilfsbereite Butler, der immer dann auftaucht, wenn ich in Schwierigkeiten gerate.«

»Virginia«, sagte er leise. »Virginia.«

»Charlie.«

Sie standen dicht voreinander. Sie sank an seine Brust. Er hob ihr Kinn, sie sahen einander an.

»Charlie.«

FÜNFZEHN

Wozu hatte sie sich nur hinreißen lassen? Waren ihre Verzweiflung und Hoffnungslosigkeit schon so überwältigend, dass Virginia ihre Erziehung, gute Sitten und Anstand über Bord warf? Er war doch nur irgendein junger Mann, den sie gerade mal vier Tage kannte! Virginia starrte zu dem seidenen Baldachin ihres Bettes hoch. Er war in die allgemeine Weihnachtshektik hereingeschneit und hatte sich nach Patters Unfall als Retter in der Not erwiesen, der Ruhe und Ordnung in die Vorbereitungen bringen sollte. Stattdessen waren durch ihn Aufruhr und Haltlosigkeit nach St. Michael's gekommen. Er, der Fremde, maßte sich an, als Ratgeber, Wächter und Führer Virginias aufzutreten. Eine verwöhnte Prinzessin sei sie, hatte er ihr an den Kopf geworfen, eine gespaltene Persönlichkeit außerdem. Wütend schlug sie auf die Daunendecke. Unsinn! Eine Frechheit genau genommen. Wie kam es nur, dass alle jungen Männer in ihrer Umgebung meinten, sie wüssten, was in Virginias Interesse sei? Den Duke konnte sie für seine Herablassung und Durchtriebenheit hassen. Mit Charlie war das etwas anders. Ihn musste sie dafür, was er letzte Nacht getan hatte, lieben. Und das war absolut ausgeschlossen.

»Hildy?«, sagte Virginia zum Zimmermädchen, das bei ihr morgens den Kamin einheizte.

»Countess?« Vor der Feuerstelle kniend, stapelte das Mädchen kleine Scheite in den Ofen und drehte sich um.

»Ist bei euch in der Personaletage alles in Ordnung?«

»Was meinen Sie damit, Countess?«

»Nun, wir haben schließlich Aushilfskräfte für Weihnachten eingestellt. Wird es bei euch da oben nicht zu eng?«

»Ein bisschen eng ist es schon, Countess. Ich schlafe zum Beispiel mit Trudy in einem Zimmer und Margret und Elsy …«

»Ja, verstehe«, unterbrach Virginia. »Aber … Aber ist das Zimmer des Chefbutlers denn nicht vorübergehend frei geworden?«

»Niemand würde es wagen, sich in dem Zimmer einzuquartieren, wo Mr Patters seit so vielen Jahren wohnt.«

»Natürlich. Wo wurde denn der neue Butler dann untergebracht?«

Das Streichholz in der Hand sah Hildy ihre Herrin an. »Mr Kindheart?« In diesem Moment flog ein Lächeln über die Züge des Zimmermädchens, ein freches, respektloses Lächeln, das besagte, dass es jedem im Schloss schon aufgefallen war, dass die Countess an dem jungen Butler Gefallen gefunden hatte. »Um zu Mr Kindhearts Zimmer zu gelangen, brauchen Sie nur die westliche Treppe in den vierten Stock zu steigen, zweimal rechts zu gehen, dann sind Sie schon da«, sagte Hildy, ohne ihr Lächeln zu verbergen.

»Danke, so genau wollte ich es gar nicht wissen.« Das Grinsen des Zimmermädchens ärgerte Virginia. »Sind Sie endlich fertig?«

Hildy entzündete die Späne, pustete ins Feuer, bis es knisterte und stand auf. »Haben Sie noch einen Wunsch?«

»Nein. – Doch.«

An der Tür blieb Hildy stehen.

»Ich frühstücke heute im Bett.« Sie zog die Decke zur Brust hoch.

»Ihr Vater hat bereits fragen lassen, wann Sie herunterkommen. Auch der Duke fragte …«

»Richten Sie meinem Vater aus, ich bleibe auf meinem Zimmer.«

»Fühlen Sie sich nicht wohl?«

»Gehen Sie schon, Hildy.«

Nachdem die Tür sich geschlossen hatte, atmete Virginia tief ein und aus. Über die westliche Treppe in den vierten Stock, dann zweimal rechts. Das war eigentlich ganz einfach. Wie nett wäre es, Charlie jetzt einen Morgenbesuch abzustatten. Unmöglich natürlich, ausgeschlossen, ganz abgesehen davon, dass er sich längst nicht mehr in seinem Zimmer aufhielt. Üblicherweise stand der Chefbutler um fünf Uhr dreißig auf, kontrollierte die Frühstücksvorbereitungen, trank in der Küche eine Tasse Tee und weckte den Lord um sechs Uhr fünfzehn. Er ließ Sir Thomas ein Fußbad ein. Daddy litt unter Krampfadern, das heiße Wasser und die Essenzen linderten die Schmerzen, wodurch er imstande war, in die Reitstiefel zu schlüpfen. Vor der ersten Flut lief er ins Freie, feuerte die alte Kanone ab und absolvierte darauf seinen Ausritt, den Strand hinauf, den Strand hinunter. Er überließ die Stute danach dem treuen Herman und kehrte mit dem Boot auf die Insel zurück. Um sieben Uhr dreißig fand das allgemeine Frühstück in der Halle statt. Der Chefbutler stand neben der Anrichte und kontrollierte, dass sich die Platten stets in einem tadellosen Zustand befanden. Weder er noch sonst jemand vom Personal servierte. Zum Frühstück bediente sich der Brite selbst. Das galt auch für die Adelskreise.

Sollte Virginia sich entschließen, jetzt hinunterzugehen, würde sie Charlie dort also antreffen. Wahrscheinlich gab er gerade Anweisung, frische gesottene Pilze anzurichten, die Tomaten gefälliger zu drapieren und das Rührei aufzumischen.

Aber Virginia wollte Charlie heute nicht als Countess entgegentreten, sie wollte nicht Platz nehmen, während er stehenbleiben musste. Sie wollte ihm keinen kühlen Blick zuwerfen, da sie ihm doch einen liebevollen, verrückten, einen heißen Blick zuwerfen wollte. An diesem Morgen erschien es Virginia unmöglich, vor der ganzen Familie die Veränderung zu verschleiern, die vergangene Nacht eingetreten war.

Ein Kuss, oh ihr Götter, was für ein Kuss war das gewesen! Ein Kuss, so leidenschaftlich, so innig, so unvergleichlich – noch nie hatte Virginia so einen Kuss bekommen oder verschenkt. Natürlich nicht, wie sollte sie auch? Sie war sechzehn Jahre alt. Es ziemte sich nicht, in ihrem Alter über Küsse auch nur nachzudenken, solche Küsse, die nach mehr verlangten, viel mehr von solchen Küssen und nach anderen Dingen, anderen Ereignissen.

Der Kuss, den sie mit Charlie getauscht hatte, rauschte in ihrem Blut, tanzte durch ihren Kopf, dieser Kuss war überall in ihrem Körper. Keine Gewissensbisse plagten sie, kein Schuldgefühl. Wofür denn auch? Konnte so etwas Wunderschönes wie dieser Kuss schuldhaft sein? Niemals! Die Herrlichkeit war dazu da, dass man sie immer wieder genoss, endlos genoss und dabei vor Glückseligkeit verging.

Virginia lachte im Bett hell auf. Wenn sie das gewusst hätte! Während ihrer Kindheit waren ihr Tugend und Zucht beigebracht worden. Wieso hatte keiner ihrer Lehrer jemals erwähnt, wie leicht es war, Glück, Freude, Seligkeit, Rausch zu empfinden, sobald man die Tugend für ein paar Augenblicke beiseite ließ? Letzte Nacht hatte sich Virginia von der Züchtigkeit befreit, war der Tugend entschlüpft und unendlich glücklich gewesen.

Galt sie deshalb schon als unzüchtig und verworfen? Sie musste jemanden fragen, der sich damit bestimmt auskannte. Charlie würde ihr eine gute Antwort darauf geben können. Er war um einiges älter, und er war ein Mann. Männer, hörte man, leisteten sich Genüsse dieser Art früher und ausgiebiger als Frauen. Für Männer galt als *normal*, was für Frauen bis zu ihrer Eheschließung verboten war. Wieso gab es die Freiheit hier und das Verbot dort?, dachte Virginia. Auch darauf würde Charlie eine Antwort haben. Ach, Charlie! Wann konnte sie ihn wiedersehen, ungestört, unbeobachtet?

Der Duke!, fiel ihr siedend ein. Der Duke war im Schloss, und er gedachte zu bleiben. Bis Heiligabend und darüber hinaus. Er würde den ersten, den zweiten Weihnachtstag mit ihnen verbringen, vielleicht sogar die Tage zwischen den Jahren, möglicherweise

Silvester. Den Wechsel ins neue Jahrhundert, in Virginias Jahrhundert, wollte sie auf keinen Fall mit diesem widerlichen Menschen begehen. Viel schwerer wog jedoch, dass Daddy an einem dieser Tage ihre Verlobung mit dem Duke bekanntgeben wollte. Das musste sie verhindern. Sie musste einfach! Nur wie konnte sie das anstellen? Was hatte sie nachts in der dämmerigen Bibliothek zu Charlie gesagt? *»Als Countess of Laureal habe ich die Pflicht, den Wunsch meines Vaters zu erfüllen. Darin liegt nichts Mysteriöses. Es ist der Lauf der Dinge.«*

»Der Lauf der Dinge«, flüsterte Virginia in ihrem Bett. »Wie kann ich den Lauf der Dinge anhalten?«

Den Lauf der Dinge anhalten, dachte Virginia in ihrem Bett, das nicht ihr Bett war und zugleich hundertmal mehr ihr Bett als jedes andere Bett auf der Welt. Sie lag in dem Cottage am Fuße des Schlosses. Draußen schrien die Möwen. Es war noch hell, dabei brach bereits der Abend an. Im Mai waren die Tage so unverschämt lang.

Ihr Besuch auf dem Schloss hatte Virginia erschöpft. Man war schließlich keine fünfundneunzig mehr. Mr Starmuehler hatte es zu guter Letzt zuwege gebracht, die Hundertjährige durch das Schlossfenster ins Innere von St. Anthony's Hall zu befördern. Krachend war der Lastenaufzug auf den alten Quadern abgesetzt worden.

Währenddessen hatte Timmy die Stufen zum Schloss in Rekordzeit erklommen und kam in die Halle gerannt. »Geht es dir … Wie geht es dir? Geht es dir gut?«, keuchte er.

»Natürlich. Wieso denn nicht?« Virginia brachte ihr Haar in Ordnung.

»Bist du nicht halb erfroren? Wie du da draußen gehangen hast, zwischen Himmel und Erde, das war … Ich bin …« Der Enkel stützte die Hände auf seine Knie und musste erst zu Atem kommen.

Gelassen trat Starmuehler hinter ihm ein und half den Arbeitern, den Lastenkorb zu öffnen und der alten Dame herauszuhelfen. Der Rollstuhl stand bereit. Mit einem Seufzen sank Virginia hinein.

»Wollen wir den Rundgang nun beginnen?«, fragte der Baumeister.

»Gern, Mr Starmuehler.«

Während Timmy den Rollstuhl schob, ging Starmuehler voraus. »Das hier ist also die wunderbare St. Anthony's Hall, aber das wissen Sie natürlich.«

Die alten Mauern, unverändert seit Jahrhunderten, glitten an Virginia vorbei. Sie kannte hier jeden Stein. Dort drüben hatte sie ihre Initialen in den Granit geritzt, und wenn sie sich nicht täuschte, konnte man die Buchstaben V. und T. noch immer entziffern. Am Südfenster hatte sie sich einmal schlimm den Kopf gestoßen, eine Menge Blut war zu Boden getropft. Ob man das heute noch erkannte?

»Dort, zwischen den Pilastern!« Starmuehler streckte den Arm aus. »Sehen Sie den Schlussstein?«

»Wo, Mr Starmuehler?« Es machte Virginia Spaß, sich begriffsstutzig zu stellen.

»Er hat eine ungewöhnliche Form.«

»Richtig, jetzt sehe ich ihn. Diese Form hatte er schon immer.« Sie fixierte den Baumeister. »Haben Sie diesen Schlussstein etwa geöffnet?«

»Noch nicht.« Seine Augen prüften die alte Lady. »Damit wollte ich warten, bis Sie anwesend sind, Countess.«

»Was habe ich damit zu tun?«

»Wahrscheinlich vermuten Sie so wie ich, was sich in dem Schlussstein befinden könnte.«

»Sprechen Sie vom *Royal Heart*, Mr Starmuehler?«, erwiderte sie, naiv wie ein Kind.

»So ist es.«

»Wenn Sie annehmen, dass das *Royal Heart* dort oben ist, dann könnten andere vor Ihnen doch auf die gleiche Idee gekommen sein, denken Sie nicht auch? In diesem Fall hätte bestimmt jemand den Stein vor Ihnen geöffnet.«

»Das ist unmöglich, Countess.«

»Wieso?«

»Weil dieser Schlussstein die Pilaster trägt und diese wiederum tragen das Gewölbe. Es wäre statisch ausgeschlossen, den Stein herauszuziehen, ohne dass die Dachkonstruktion zusammenbricht. Nein, ich korrigiere mich: Bis jetzt war es ausgeschlossen.«

»Bis jetzt?« Virginia betrachtete das massive Gerüst mit den Eisenstempeln, die rund um die Pilaster errichtet worden waren. »Wie ich sehe, haben Sie einen Weg gefunden, dieses Hindernis zu umgehen.«

»So ist es, Mylady.«

»Und nun wollen Sie den Schlussstein aus der Konstruktion herauslösen und aufbrechen?«

»So ungefähr habe ich mir das gedacht.«

»Und was soll ich dabei?«, fragte Virginia mit Engelsmiene.

»Man erzählt sich, in all den Jahrzehnten, seit Sie das Schloss verlassen haben, sollen Sie die Hüterin des Geheimnisses gewesen sein. Sie haben es niemals preisgegeben. Ich glaube, Sie wissen, wo sich das *Royal Heart* befindet. Wollen Sie es mir nicht sagen?«

»Wozu soll ich Ihnen etwas sagen, was Sie schon erraten zu haben scheinen? Denn da Sie sich die ganze Arbeit mit den statischen Berechnungen und dem Gerüst gemacht haben, werden Sie jetzt kaum noch zögern, Ihr Vorhaben in die Tat umzusetzen.«

Argwöhnisch sah er sie an. »Sie hätten also nichts dagegen, wenn ich den Stein herausziehe?«

Sie lachte überrascht. »Dieses Schloss gehört mir nicht, Mr Starmuehler. Früher einmal hätte es mir gehören können, aber das ist unendlich lange her.«

Sein Argwohn blieb. »Wenn Sie nichts dagegen haben, dass ich die Konstruktion aufstemme, könnte das bedeuten, dass das Juwel gar nicht dort ist?«

»Ich weiß es nicht, Sir. Sie werden sich schon die Mühe machen müssen, selbst nachzusehen.«

»Wie Sie meinen.« Starmuehler wandte sich zu den Männern. »Es geht los!«

Rechts und links des Schlusssteines, der in der Breite etwa drei Yards maß, bestiegen die Arbeiter hohe Leitern. Zu viert setzten sie Hammer und Meißel an und stemmten. Granitsplitter und Mörtel flogen nach allen Seiten. Die Männer hatten Schutzbrillen auf.

Timmy zog den Rollstuhl zurück, um seine Großmutter zu schützen. »Bist du sicher, dass du das sehen willst, Nana?«

»Um nichts in der Welt würde ich es verpassen wollen.«

Es dauerte eine halbe Stunde, bis die Arbeiter den Stein freigelegt hatten. An einer Seilwinde und einem Flaschenzug wurde er aus der Verankerung gezogen. Mit angehaltenem Atem verfolgten Starmuehler und die Anwesenden, ob die Eisenstempel dem Gewicht standhalten würden.

Es knackte im Gebälk, ein Ruck ging durch die Halle, alle erstarrten, aber die Hilfskonstruktion trug das Gewicht des Gewölbes weiterhin. Der Schlussstein wurde auf den Boden abgelassen.

»Aufmachen«, befahl Starmuehler.

Virginia war in dem alten Bett in dem Cottage unten am Hafen eingeschlafen. Sie träumte. Da man sich seine Träume nicht aussuchen konnte, träumte Virginia von einer Eule. Die Eule in ihrem Traum spähte durch das offene Fenster, das ins Kuppeldach eingelassen war. Unter ihr standen Männer mit Werkzeugen über einen mächtigen Stein gebeugt. Die Eule sah Staub und Schutt. In einigem Abstand entdeckte die Eule Virginia im Rollstuhl, dahinter stand Timmy.

Die Eule wandte ihren Kopf um hundertachtzig Grad. Sozusagen in ihrem Rücken beobachtete sie, wie das Meer zur Flut anwuchs. Am Strand von Marazion spielten Kinder ein Spiel, bei dem sie sich so weit wie möglich an die Brandung heranwagten und das Meer lauthals verhöhnten, so lange, bis die Gischt ihre kleinen Schuhe überspülte. Dann rannten sie schreiend zurück, um bei der nächsten Welle von Neuem anzutreten.

Jetzt breitete die Eule ihre Schwingen aus, stieß sich vom Gesims ab und flog los. Ein Windstoß fuhr ihr in die Federn und hob die Eule höher und höher. Sie brauchte nicht mit den Flügeln zu schlagen, die Luftströmung trug sie. In großen Zirkeln schwebte sie hinab, bis sie das Schloss, die Terrasse, den Felsen, die Weide und den Zaun hinter sich gelassen hatte. Kurz bevor sie das Meer erreichte, steuerte sie auf das alte Cottage zu, wo der Wind den Rauch aus dem Schornstein in alle Richtungen wehte und in den Kamin zurückschickte. Die Eule landete vor dem kleinen Fenster auf der Meeresseite, hinter dem zwei Menschen einander liebten.

»Frierst du nicht?« Im Cottage war es kalt. Kindheart zog die Decke über Virginia.

Ihr Körper war voller Hitze. Schweißperlen standen auf Stirn und Oberlippe. Sie küsste Charlie, sie wollte ihn, jetzt und immer, kein Draußen, kein Drinnen. Oben im Schloss spielte der Duke Schach mit dem Earl. Der Duke, der Earl, elegante Langeweile.

Virginia betrachtete den lieben, einmaligen Charlie, der ihr ins Cottage gefolgt war, der dort wie stets vernünftig sein wollte und ihr doch mit offenem Herzen in die Unvernunft gefolgt war. Charlie, mit dem sie alles sein wollte, ganz sein wollte, kühn und furchtlos sein wollte, Charlie, der Virginias Kühnheit zum Leben erweckte. Wäre er nicht auf ihre Insel, in ihr Schloss gekommen, hätte sich das Elend in Virginia derart verdichtet, dass sie vielleicht auf den Ostturm gestiegen wäre, in die höchste Höhe, um etwas Unvernünftiges zu tun.

Aber sie war ja in der höchsten Höhe, vor Glück, vor Freiheit, vor … Charlie. Sollte doch alles aus dem Ruder laufen, dachte sie, während sie Charlie küsste. Das Schloss mochte einstürzen, die Familie verfemt werden, der Duke sollte an seiner widerlichen Erpressung zugrunde gehen. Wen kümmerte das, solange die Liebe blühte, das Leben, die Wahrheit, hier in der armseligen Hütte, in dem alten Bett. Draußen standen graue Wolken am Himmel. Eine Eule saß auf dem Fensterbrett und sah den Liebenden zu.

Virginia liebte Charlie bis zur Erschöpfung, bis der Tag der Nacht wich, bis beide nicht mehr konnten.

»Was riecht denn hier so?«, fragte sie, während sich ihr Atem beruhigte.

»Wahrscheinlich qualmt der Kamin.« Er legte den Arm um sie. »Der Wind schlägt den Rauch nach unten. Das Feuer ist wohl ausgegangen.«

Sie kuschelte sich an seine Schulter.

»Ist dir nicht kalt?«

»Bist du verrückt?« Sie schlug die Decke zurück. »Mir ist so heiß, ich könnte nackt am Strand umherspringen.«

»Das würde ich mir noch einmal überlegen. Wir müssen zurück ins Schloss.«

»Auf keinen Fall«, entgegnete sie. »Wenigstens nicht so schnell. Ist noch Brot da?«

»Ein kleines Stück.«

»Und Marmelade?«

»Das Glas ist fast voll.«

»Könntest du mir etwas Brot rösten?«

»Wie wäre es mit einer Tasse Tee?«

»Herrlich.« Sie lachte.

»Was findest du an *Tee* so lustig?«

»Ich muss daran denken, dass Daddy und Freddie da oben ebenfalls gerade Tee trinken. Das Feuer brennt tadellos, kein Rauch, kein Qualm, es ist warm. Aber ich bin hundertmal glücklicher als die beiden, glücklicher als das ganze Schloss, glücklicher als jeder andere Mensch auf der Welt.«

Nackt lief Charlie in die Küche. »Und bei allem Glück bist du außerdem hungrig und willst geröstetes Brot.«

»Weil geröstetes Brot mit Marmelade mein Glück erst vollständig macht«, rief sie.

»Bin schon dabei!«

Virginia schreckte aus dem Schlaf hoch. Wo war die Eule geblieben? Die Hundertjährige wandte sich zum Fensterbrett. Die Eule war nur ein Traum gewesen, alles andere aber Erinnerung, unfassbare Wirklichkeit. Sie musste lange geschlafen haben, die Nacht war fortgeschritten. Eine Mainacht, ein Versprechen auf den Sommer. Der Mond stand hoch über dem Schloss, der schöne, heitere, kühle Mond, der ihr und Charlie vor vierundachtzig Jahren auch geleuchtet hatte, als sie eng umschlungen aus dem Cottage ins Schloss zurückgekehrt waren.

»Die schönste Nacht in meinem Leben«, flüsterte die alte Frau, lächelnd sank sie zurück. Sie würde nun nicht mehr einschlafen können, doch das war in Ordnung. In ihrem Alter war es sogar natürlich.

Statt zu schlafen, folgte sie ihren Erinnerungen, jenem Pfad, der zurück und zugleich voran führte. Denn Erinnerungen waren das geheime Tor in die Zukunft. Virginia dachte auch an Mr Starmuehler, den Deutschen, der das *Royal Heart* aufzuspüren hoffte. Er war in Wirklichkeit kein Schatzjäger, kein Grabräuber, er wollte lediglich den Ruhm, ein uraltes Juwel aufzuspüren, das ein König seinem Vasallen einst zum Geschenk gemacht hatte. Und der Earl hatte es wiederum seiner Frau geschenkt, der Geliebten des Königs. Ein sagenumwobenes Schmuckstück, das nirgendwo anders als auf St. Michael's geblieben sein konnte.

Starmuehler hatte den Schlussstein aufstemmen lassen, das *Royal Heart* aber nicht gefunden. Der alte Stein war leer. »Sie haben es gewusst, nicht wahr?« Die Enttäuschung hatte tiefe Falten in Starmuehlers Gesicht gegraben.

Ja, ich habe es gewusst, dachte Virginia. Sie schloss die Augen und dachte an Charlie, den leidenschaftlichen, wunderbaren Charlie, an die Liebe ihres Lebens.

SECHZEHN

Der Duke spielte Schach mit dem Earl, doch schon nach zwei Partien gab er dem Wunsch Ausdruck, dass er ein wenig Bewegung machen wolle.

»Sport?« Sir Thomas nickte. »Habe ich in meinen jungen Jahren auch getrieben. Rudern, Wandern. Aber mit dem Alter kommen die Krankheiten und Zipperleins. Heute schaffe ich es gerade noch, mich auf dem Pferd zu halten.«

Der Duke erwiderte höflich, dass es dem Earl bestimmt bald besser gehen werde und machte sich bereit zum Aufbruch.

»Wir haben Flut«, bemerkte Sir Thomas. »Zu Fuß kommen Sie nicht mehr aufs Festland, Alfred. Soll ich Ihnen das Boot bestellen?«

»Ich habe nicht vor, die Insel zu verlassen, Sir.«

»Soll Ihre Braut Sie vielleicht begleiten?«, schlug Trevelyan vor. »Ich habe sie seit einiger Zeit nicht gesehen. Ich kann sie rufen.«

»Sie hat den Kopf voll mit Weihnachtsvorbereitungen«, beschwichtigte der Duke. »Wir wollen sie nicht stören.«

»Virginia ist noch ein rechtes Kind«, erwiderte Sir Thomas. »Weihnachten ist das Höchste für sie. Aber ich bin sicher, durch Ihre Führung, lieber Freddie, wird sie zur Frau erblühen.«

»Eine wunderbare Vorstellung, Mylord.« Der Duke warf den Mantel über und eilte ohne Hut ins Freie.

Freddie war kein Idiot und gewiss kein naiver Jüngling. Was Frauen und Mädchen betraf, hatte er manches schon erlebt. Er hatte sich mit Jungfrauen vergnügt und die Leidenschaft erfahrener Damen genossen. Er hatte das erwartungsvolle Hilfsbedürfnis in den Augen der sechzehnjährigen Virginia wohl bemerkt, die in einem anmaßenden Butler ihren Retter wähnte. Er hatte auch den Blick des jungen Mannes gesehen, der einer schutzlosen Adeligen zu Hilfe eilte.

Freddie ahnte, was an jenem Abend noch geschehen war, an dem er sein *Ius primae noctis* hatte ausüben wollen. Er war betrunken gewesen und möglicherweise zu weit gegangen. Virginia war keine von denen, die sich bei fachgerechter Berührung sofort hingaben. Eine wie sie wollte romantisch umgarnt werden, sie ersehnte das Gefühl des *Besonderen* bei einem Vorgang, der an Primitivität kaum zu übertreffen war.

In jener Nacht hatte der Duke ihre Bewunderung für den jungen Mann genau bemerkt, der sie vor einer *Sünde, schlimmer als der Tod* bewahrt hatte. Freddie war auch nicht verborgen geblieben, dass sich die beiden danach ungewöhnlich lange in der nächtlichen Bibliothek aufgehalten hatten. Dem Duke, ihrem Bräutigam hatte sie sich verwehrt. Dem Butler gegenüber schien Virginia aufgeschlossener gewesen zu sein.

Am Morgen danach war sie nicht zum Frühstück erschienen und hatte Freddie auch im Tagesverlauf gemieden. Beim Dinner beschränkte sich ihre Konversation auf das Nötigste, Virginia war früh zu Bett gegangen. Heute war Freddie beim Lunch ein intensiver Blickwechsel zwischen ihr und dem Butler aufgefallen, ein Lächeln, die geheimnisvoll geröteten Wangen der Countess. »Weihnachtsaufregung« hatte Sir Thomas den Zustand seiner Tochter liebevoll genannt.

Mit Weihnachten hatten die roten Wangen nicht das Geringste zu tun, Freddie wusste das. Als der Schlossherr den Duke vorhin zum Schach gebeten hatte, absolvierte Freddie geduldig eine Partie und schlug Sir Thomas bei der zweiten in acht Zügen. Weder den Butler noch Virginia hatte er seit Stunden gesehen.

Freddie schlug den Mantelkragen hoch. Der Wind schnitt wie mit Messern. Auf der Insel gab es nur das Schloss, den Hafen, die Klippen und den schmalen Strand. Rund um den Hafen standen Fischerhäuser. Eines von ihnen war unbewohnt, doch weshalb stieg dann aus diesem Häuschen Rauch auf? Wer heizte dort, und warum? Freddie wusste genau, wohin sein Spaziergang ihn führen sollte.

Er sprang die Stufen hinab und achtete auf dem steilen Pfad darauf, dass er keinen Stein lostrat. An der Vorderseite des Cottage waren die Vorhänge zugezogen, zum Meer hin war es vor neugierigen Blicken geschützt. Freddie überwand eine Düne und trat von der Wasserseite an das Haus heran. Während er sich vorsichtig näher schlich, entdeckte er auf dem Fensterbrett einen Vogel, keine Möwe, keine Dohle, die am Strand nach Abfällen pickten. Dieser Vogel hatte einen ungewöhnlich großen Kopf. Geduckt saß er da und tat, was auch Freddie zu tun beabsichtigte, er spähte ins Fenster. Der Duke stieg auf die Zehenspitzen und ließ sein Auge langsam um die Fensteröffnung wandern.

Mit so manchem hatte er gerechnet, doch für diesen Anblick reichte selbst seine kühnste Vorstellung nicht aus. Das Flittchen betrog ihn schon vor der Verlobung! Und der Butler war schäbig genug, die unerfahrene Lüsternheit einer Jungfrau auszunützen. Freddies Entrüstung wurde überlagert von seiner Begeisterung, was für ein leidenschaftliches Weib er bald im eigenen Bett erwarten durfte. Er beobachtete das muntere Treiben und zog sich schließlich ungesehen zurück.

Welch unerwartete Entwicklung! Die ältere der Trevelyan-Schwestern hatte Freddie durch den Tod seines Bruders in der Hand: Sie sollte die Rechnung dafür mit ihrer Erbschaft bezahlen. Bei der Jüngeren gab es Schwierigkeiten. Sie leistete ihrem Vater zwar Gehorsam, beugte sich aber Freddies Willen bisher nicht. Doch nun hatte Virginia Schuld auf sich geladen, größte Schuld! Sie war tatsächlich zur *beschädigten Ware* geworden. Und das ganz ohne sein Zutun. In übermütiger Laune stemmte sich der Duke gegen den Wind und kehrte ins Schloss zurück.

———— ◆ ————

Sir Thomas ließ den Aushilfsbutler noch in derselben Nacht verhaften, nicht durch die Polizei, denn er wollte Aufsehen vermeiden, stattdessen gab er zwei kräftigen Valets den Befehl, Kindheart abzuführen. Wie in jedem Schloss existierte auch auf St. Michael's ein Verlies, es lag an der Rückseite, dem Meere zugewandt, viele Stufen führten dort hinab. Seit alter Zeit hatten Missetäter darin geschmachtet.

Der Duke, der Earl und Virginia fanden sich in der Bibliothek ein. Der Duke brachte seine Anschuldigungen abermals vor; Betroffenheit und Enttäuschung über die Verworfenheit seiner Zukünftigen standen ihm ins Gesicht geschrieben. Er sprach gefasst, wie es einem Edelmann geziemte und ließ Vater und Tochter daraufhin allein.

Sir Thomas stand seinem Kind in offener Verzweiflung gegenüber. Bis jetzt hatte sie sich mit keinem Wort verteidigt.

»Was hast du mir zu sagen, Vi?«

»Ich muss dir leider sagen, dass Freddie Hailsham ein Betrüger und Erpresser ist, dem es um nichts anderes geht als das Vermögen der Trevelyans.«

»Schweig!«, rief der Earl heftig. »Willst du deiner Tugendlosigkeit auch noch eine Verleumdung hinterherschicken? Du beleidigst unseren Gast, einen Aristokraten dieses Königreiches!«

»Und zugleich einen der gemeinsten und widerlichsten seines Standes«, gab sie zurück. »Freddie ist eine Schande für das Königreich!«

»Ich verbiete dir, so zu sprechen!«

»Das kannst du mir nicht mehr verbieten, Papa. Denn nun *muss* ich sprechen. Du selbst befiehlst es mir. Ich bin froh, dass endlich alles ans Licht kommt.«

Abermals wollte der Lord aufbegehren, doch seine angegriffene Gesundheit ließ das nicht zu. Er holte mehrmals tief Luft und sank in einen Sessel.

»Ich liebe dich über alles, Vater«, begann sie.

»Wem deine verworfene Liebe gehört, hast du zur Genüge unter Beweis gestellt.« Sir Thomas machte eine abfällige Geste.

»Lass Charlie aus dem Spiel. Er hat mit all dem nichts zu tun.«

»Deinen Verführer, den Zerstörer deiner Ehre nennst du auch noch ungeniert *Charlie*?«

»Ich selbst habe unsere Begegnung heute in die Wege geleitet. Er hat versucht, es mir auszureden.«

»Oh, das kann ich mir gut vorstellen!«, höhnte der Lord. »Sehr überzeugend scheint sein *Versuch* nicht gewesen zu sein.«

»Was ich dir nun erzähle, hat mit Mr Kindheart nichts zu tun. Er mag der Auslöser dafür gewesen sein, die Lunte sozusagen, die man an das Pulverfass legt.«

»Und das Pulverfass, das bist wohl du?!«, ereiferte sich der Lord. »Ich verbiete dir, in derart schmutzigen Metaphern zu sprechen! Lunte – Pulverfass, mäßige dich, Virginia!«

»Ich hätte längst mit dir reden sollen, Daddy«, lenkte sie ein.

»Worüber?«

»Über das, was Freddie im Schilde führt.«

»Du willst deine üble Tat auf den Duke abwälzen?«

Von nun an ließ Virginia ihren Vater nicht mehr zu Wort kommen. Sie berichtete. Von ihrer großen Freude, weil Freddie nach St. Michael's gekommen war. Von der Nacht, als er vor ihrer Tür erschien, was Daddy bemerkt hatte, woraus der Heiratsantrag des Duke erwachsen war. Der Sturm hatte das Dach des Ostturmes beschädigt. Virginia schilderte, wie der Duke den Schlussstein aufgebrochen, das Ziel seiner Wünsche, das *Royal Heart*, aber nicht gefunden hatte.

»Das *Royal Heart*?« Der Lord musterte sein Kind voll Gram. »Was weißt du darüber, Virginia?«

»Ich habe vor Kurzem erst erfahren, dass ein solches Juwel existieren könnte.« Sie kniete vor ihrem Vater hin. »Gibt es diesen sagenumwobenen Edelstein, den der Gründer unseres Geschlechts vom König geschenkt bekam? Gibt es ihn wirklich?«

»Ach Gott, der Stein!« Das Gesicht des Earls wirkte alt und müde. »Ja, mein Kind, das *Royal Heart* hat es gegeben. Aber es scheint verloren gegangen zu sein. Und ich kenne nur einen einzigen Menschen, der die wahren Umstände um das *Herz des Königs* kennen könnte.«

SIEBZEHN

Einen Tag vor Heiligabend saß Charles Kindheart eingekerkert im Verlies des Schlosses. Bald würden sie kommen und ihn holen. Das Polizeiboot würde auf St. Michael's anlegen, die Officers würden die vielen Stufen zum Schloss hinaufsteigen und ebenso viele wieder hinunter in dieses Verlies. Charlie verschränkte die Arme hinter dem Nacken. Die Pritsche war hart, den Strohsack hatte er beiseite geworfen. Mit dem Ungeziefer darin wollte er lieber keine Bekanntschaft machen. Was für ein trauriger Ort für den Retter der Trevelyans. Der Retter? Hatte er nicht alles falsch gemacht? Vielleicht nicht alles, aber das meiste. Etwas Entscheidendes war ihm dazwischengekommen – die Liebe. Vor so manchem hatte ihn sein Großonkel gewarnt, nur leider nicht, dass auf Charlie eine plötzliche, eine unmögliche Liebe warten würde. Er, der Geschichtsstudent, verliebte sich in die Countess of Laureal, die Erbin dieser Insel.

Hätte Lionel Patters seinen Großneffen nicht in mehreren Briefen angefleht, nach St. Michael's Mount zu reisen, Charlie wäre nie auf die Idee gekommen, etwas derart Verrücktes zu tun. Der alte Mann hatte geahnt, gewittert, gespürt, dass auf dem Schloss etwas nicht mit rechten Dingen zuging. Dieses Jahr zu Weihnachten würde ein Unglück auf St. Michael's geschehen, hatte er geschrieben, Charles sollte rasch kommen und ihm helfen.

Charlie hatte in London alles stehen und liegen gelassen und war nach Cornwall aufgebrochen. Patters hatte vorgehabt, ihn über Weihnachten im Schloss als Valet anzustellen. In dieser Position hätte Charlie beobachten und seinem Onkel berichten können, ob dessen Verdacht begründet sei. Doch bevor Charles am Ziel anlangte, war sein Großonkel verunglückt und hatte sich dabei lebensgefährlich verletzt. Im

Krankenhaus hatte er von dem geschwächten alten Mann nichts erfahren können und war auf eigene Faust in die Personalagentur nach Falmouth gefahren, um sich als Valet auf St. Michael's zu bewerben. Aber alles war anders gekommen, vollkommen, schrecklich anders! Nicht als einfacher Diener zog er auf dem Schloss ein, sondern als Butler, sozusagen als Vertreter seines Großonkels.

Wie hatte er sich in dieser verantwortungsvollen Position so unvernünftig, leichtsinnig, so tugendlos verhalten können? Virginia Trevelyan war eine verzweifelte junge Frau. Gleich am ersten Tag hatte er festgestellt, dass ihr Leben gerade aus den Fugen geriet. Niemand stand ihr bei, weder ihr Vater noch ihre Schwester. Und so war Charles ohne seinen Willen zu der Person geworden, dem Virginia ihr Vertrauen schenkte. Sie erzählte von den üblen Machenschaften des Duke, erzählte über das *Herz von Cormoran.* In London hatte Charles historische Schriften über die Trevelyans studiert, die ihm Aufschluss über das sogenannte Ungeheuer von Cormoran gaben. Er hatte Virginia die Augen über den Ursprung der Legende geöffnet. Damit hätte er es bewenden lassen sollen. Er war jedoch unauffällig in ihrer Nähe geblieben und sofort zur Stelle gewesen, als er den Duke nachts in Virginias Zimmer schlüpfen sah. Charlie hatte der Countess aus der Verlegenheit geholfen. Die darauffolgenden Minuten in der dunklen Bibliothek, die verunsicherte junge Frau, die offenen Worte, die sie wechselten, sein Trost, sein Zuspruch, damit hätte seine Hilfe endgültig ein Ende finden müssen. Doch Virginia war so reizend, so entwaffnend offen, so verletzlich. Sie suchte seine Nähe, was hätte er denn tun sollen?

»Stark sein«, sagte Charles in das dunkle Gewölbe hinauf. »Stark sein, dich wie ein Mann benehmen und damit anders als der Duke in seiner Verworfenheit.«

Ein Kuss, mehr war es nicht gewesen. Nur ein wunderschöner Kuss, den er für immer in Erinnerung behalten würde. Der verzweifelte Kuss einer jungen Frau, die Schutz und Wärme suchte. Mit dem Kuss hätte wirklich alles zu Ende sein müssen. Eine kurze Verfehlung in einem verzauberten Raum, zu geheimnisvoller Zeit, das wäre zu verzeihen gewesen. Doch dieser Kuss hatte Folgen, verhängnisvolle Folgen gehabt! Ihre Blicke am Morgen darauf, ihre häufige Nähe, der Tag, der früh zu dunkeln begann, ihre Sehnsucht nacheinander, die ständig kreisenden Gedanken, das kleine Haus am Hafen. Sobald sie es betreten hatten, waren die Würfel gefallen. Schrecklich, unausdenkbar und unsagbar schön. Charles konnte nichts zu seiner Verteidigung vorbringen. Selbst wenn der Duke einen kleinen Studenten wie ihn nicht schon kraft seines Standes hätte vernichten können, Charles würde seine Schuld freiwillig gestehen. Sobald die Constables ihn festnähmen, würde er alles zugeben. Er hatte es aus Liebe getan, doch das spielte jetzt keine Rolle mehr.

In der Annahme, dass es noch einige Zeit dauern könnte, bevor die Polizei hier eintraf, hob Charlie seinen Blick zum Gewölbe empor. Er kramte aus der Erinnerung hervor, was er im Studium über Gewölbekonstruktionen gelernt hatte. Beim Korbbogengewölbe nahm der Krümmungsradius vom Auflager zum Gewölbescheitel hin proportional zu. Beschrieb die Wölbelinie allerdings einen Vielpassbogen, bestand das Gewölbe aus mehreren zusammengesetzten Zylindern. Diese Zylinderelemente hatten einen kleineren Radius als das Gewölbe im Ganzen. Das Prinzip funktionierte ähnlich wie der Rand einer Blüte, der das Wasser nach den Seiten ableitete. Die Nutzlast und das Eigengewicht des Schlosses wurden auf die seitlichen Pfeiler verteilt. Diese Pfeiler waren das Fundament, auf dem das Schloss errichtet worden war. Demnach trugen die ineinandergefügten Steine des Gewölbes das ganze Gewicht des Schlosses.

Charles stand auf. Jener eine, besondere Stein dort oben hatte die Form eines Fünfecks. Ein Pentagon innerhalb zahlloser Quader? Wozu hatte sich jemand die Arbeit gemacht, diese Form den anderen anzupassen? Der fünfeckige Stein stellte den Abschluss des Gewölbes dar, er war die oberste Bekrönung.

Die oberste Bekrönung, dachte Charlie, der Schlussstein, dachte er, der Stein, der das Gewölbe trug und damit das ganze Schloss. Sollte es möglich sein, dass dies der Schlussstein war, der in der Legende genannt wurde? Der oberste Stein der Bekrönung, so hieß es, nicht des Daches: Könnte der höchste Stein des Verlieses gemeint sein? Dieser Stein dort schloss das Gewölbe ab, auf dem das Schloss ruhte. Es wäre unmöglich gewesen, das *Royal Heart* nachträglich in dem Stein zu deponieren. Denn nahm man ihn heraus, würde das Gebäude einstürzen.

Die Trevelyans hatten nicht von Anfang an auf St. Michael's Mount gelebt. Zu Beginn der Besiedlung der Insel hatte hier ein Kloster gestanden. Das Schloss ruhte auf den Ruinen dieses Klosters. War das Gewölbe über ihm bereits Teil davon gewesen, oder war es erst beim Bau des Schlosses errichtet worden? Das *Royal Heart*, überlegte er, war im Jahr 1212 in den Besitz der Trevelyans gelangt, lange bevor sie die Insel zu ihrem Stammsitz wählten. Der Diamant hätte also später, während der Verwandlung des Klosters in ein Schloss im Schlussstein eingesetzt werden können. Trotzdem machte das wenig Sinn, denn damit wäre der Stein jeglichem Zugriff für immer verschlossen gewesen. Und wenn niemand an den Stein herankam, was bedeutete das für die Überlieferung, wonach der junge Trevelyan seinen Vater ermordet hatte, um den Stein zu rauben?

Kindheart legte sich wieder auf die Pritsche und starrte zum Vielpassgewölbe hoch.

◆

Es war Tradition, dass die Ärzte und Schwestern im Kreishospital von Penzances am 23. Dezember mit den Patienten vorweihnachtlich feierten. Die Ärzte verteilten Geschenke, sprachen Mut zu und die Aussicht auf baldige Genesung. Die Schwestern zogen versammelt durch die Säle und sangen Weihnachtschoräle, die sie tagelang geübt hatten.

Virginia war von der Insel aufgebrochen, um Dr. Murphy aufzusuchen, der in Penzance Dienst tat. Der zweite Grund, ihr Pferd zu satteln und Herman zu beauftragen, ihr mit der Kutsche zu folgen, lag darin, dass sie selbst einen Krankenbesuch machen wollte. Wie der Wind galoppierte sie an Long Rock und Trevarrack vorbei und erreichte das Kreishospital in kurzer Zeit.

Dr. Edward Murphy trug eine rote Zipfelmütze auf dem Kopf und wurde von einem Assistenzarzt begleitet.

»Doktor, haben Sie einen Moment?«, begrüßte ihn Virginia.

»Selbstverständlich, Countess«, antwortete er. »Ist etwas mit Ihrer Schwester?«

Mit einem Blick zum Assistenzarzt deutete sie an, dass sie den Freund der Familie lieber unter vier Augen sprechen wollte.

Dr. Murphy reichte die Weihnachtspäckchen an den Kollegen weiter. »Bitte übernehmen Sie für ein paar Minuten.«

»Es geht um meinen Vater«, erklärte Virginia. »Die letzten Tage, all die Aufregungen … Er will sich nichts anmerken lassen, aber – «

»Seine Fröhlichkeit ist aufgesetzt.« Dr. Murphy nickte. »Mir ist das bei meinen letzten Besuchen auch aufgefallen. Sie sprachen von Aufregungen. Ist etwas Unvorhergesehenes vorgefallen?«

Unvorhergesehen? Dieses Wort reichte nicht einmal ansatzweise aus. Sturm über St. Michael's, das war es, ein Orkan innerhalb der Familie Trevelyan. Noch nie hatte Virginia so eine Weihnachtszeit erlebt, noch nie war alles, was sie von Kindesbeinen an für unveränderbar hielt, so durcheinandergewirbelt worden. Durch den Tod ihrer Mutter wusste sie, dass man im Leben immer wieder Abschied nehmen muss, und dass Abschiede das Tor zu einem neuen Anfang bedeuteten. Doch diesmal schien alles, Vergangenheit und Zukunft, über den Haufen geworfen zu werden. Virginia taumelte durch diese stürmische Zeit und versuchte zu retten, was sie retten konnte. War es dafür nicht schon zu spät? Sie hatte eine Grenze überschritten. Sie war kein Mädchen mehr. Sie hatte den Wandel zur Frau auf eine Weise vollzogen, die ihr noch vor Tagen unvorstellbar gewesen wäre. Sie hatte sich gegen ihre Familie gestellt, gegen ihren geliebten Vater. Er war Anfechtungen dieser Art nicht mehr gewachsen. Es tat ihr unendlich leid, ihn so enttäuscht zu haben, zugleich hegte sie die Hoffnung, dass die Wahrheit immer etwas Heilsames in sich trug. Die Wahrheit über Freddie Hailsham stellte möglicherweise sogar die Rettung der Trevelyans dar. Da Virginia ihrem Vater die Pläne des Duke offenbart hatte, verlor dessen Erpressung an Kraft. Weil Freddie angenommen hatte, dass die Töchter ihrem Vater die Wahrheit verschweigen würden, hatte er Macht über sie besessen. Der Lord schien noch unentschieden, ob er Virginia glauben sollte, doch sein Zweifel ließ sich nicht mehr niederringen. Er würde den Duke mit offenem Visier bekämpfen, dessen war sich Virginia mittlerweile sicher. Wenn Daddys Gesundheit nur nicht so angegriffen gewesen wäre!

»Es sind wohl alle Aufregungen zusammen, die ihm so zusetzen«, antwortete Virginia dem Arzt ausweichend. »Die Hektik im Schloss, der Besuch des Duke, der Unfall von Mr Patters.«

»Was Ihren Butler betrifft, habe ich gute Neuigkeiten«, erwiderte Dr. Murphy. »Seine Frakturen sind sehr schwer und heilen bei einem alten Menschen nur langsam, aber sein Allgemeinzustand gibt Anlass zur Hoffnung. Er ist inzwischen wieder den ganzen Tag wach, hat kaum noch Schmerzen und versucht von mir täglich den Zeitpunkt seiner Entlassung zu erfahren.«

»Das freut mich zu hören. Ich bin nämlich auch hier, um Patters zu besuchen. Und Sie, Dr. Murphy, wollte ich bitten, meinem Vater einen Hausbesuch abzustatten.«

Plötzlich ertönte ein mehrstimmiger Choral aus dem Krankensaal.

»O come, all ye faithful,
joyful and triumphant,
O come ye, O come ye to Bethlehem!«

»Wie ich sehe, nimmt die Weihnachtsfeier Sie in Anspruch, Dr. Murphy«, rief Virginia über den Gesang hinweg.

»Wie Sie hören, feiert man auch ohne mich ganz gut. Ich hole meine Tasche und mache mich gleich auf den Weg.« Der Arzt nahm die Zipfelmütze ab.

»Herman erwartet Sie mit der Kutsche«, antwortete Virginia erleichtert. »Darf ich nun zu Patters, Sir? Ich hoffe doch, er schläft noch nicht.«

»Come and behold Him, Born the King of Angels!

O come ye, O come ye to Bethlehem!«, schallte es so inbrünstig, dass die Fensterscheiben klirrten.

»Wer könnte bei dem Lärm schlafen?«, lächelte der Doktor.

ACHTZEHN

Charlie ist tatsächlich Ihr Großneffe, nicht wahr?«

Virginia trat ans Fenster des Krankenzimmers und blickte hinaus in den angrenzenden Park.

»Er ist der Enkel meiner jüngeren Schwester.« Patters saß im Bett, den dunkelblauen Schlafanzug bis zum Kinn zugeknöpft. Sein Haar war so straff frisiert, als ob er im Dienst wäre.

»Ich habe mich öfter über den Zufall gewundert, dass ich in der Personalagentur in Falmouth ausgerechnet auf diesen jungen Mann, Ihren Großneffen, gestoßen bin.«

»Es war kein Zufall, Countess«, antwortete Patters nach kurzer Überlegung.

»Aber woher konnten Sie wissen, dass wir bald einen Ersatz für Ihre Dienste brauchen würden? Sie können Ihren Großneffen unmöglich *vorher* davon unterrichtet haben.«

Wieder zögerte Patters, erzählte dann aber offenherzig von seinem Plan, Charles im Schloss zu beschäftigen.

»Weshalb ausgerechnet ihn? Er studiert doch, außerdem gibt es genügend Aushilfskräfte in der Umgebung, die wir jedes Jahr engagieren.«

»Ich wollte einer bestimmten Sache auf den Grund gehen, Countess«, antwortete der alte Mann mit Bedacht.

Flehentlich trat sie an sein Bett. »Bitte, lieber Patters, guter alter Freund, auf St. Michaels herrschen zurzeit Misstrauen und Angst. Vieles liegt im Argen. Ich brauche jetzt Ihre klaren Worte. Keine Umschweife, keine höfliche Schonung, wie Sie das so wunderbar verstehen. Heraus damit, Patters! Ich muss alles wissen.«

Der Butler setzte sich korrekt hin. Ein kurzer Schmerz verzerrte sein Gesicht, als er das eingegipste

Bein bewegte. »Ich wusste über Lady Moyras Affäre mit Sir Simon von Anfang an Bescheid. Ihre Schwester versuchte ihren Ehebruch nämlich nicht vor mir zu verbergen, sie hat mich gewissermaßen zum Komplizen ihres Vergnügens gemacht. Sie mutete mir zu, den jungen Mann ungesehen auf die Insel und in die Räume der Countess zu geleiten. Im Morgengrauen wartete dann ein Boot im Hafen, das Sir Simon ans Festland zurückbrachte. Als unser Fährmann einmal ausfiel, musste ich selbst nach Marazion rudern. Sie können sich vorstellen, wie unangenehm mir die ganze Sache war.« Patters trank einen Schluck Wasser.

»Diese Besuche hörten irgendwann auf. Bald darauf erfuhr ich vom tragischen Freitod des jungen Sir Simon. Ich nahm an, Lady Moyra würde sein Ableben in meiner Gegenwart irgendwann erwähnen und ihr Bedauern zum Ausdruck bringen. Doch nichts dergleichen geschah, außer dass Lady Moyra den vertrauten Kontakt, den sie zu mir gesucht hatte, beendete. Ich war allerdings überzeugt, dass die Angelegenheit damit nicht ausgestanden sei.« Patters seufzte tief. »Als sich der Herzog von Somerset so überraschend und kurzfristig bei uns anmeldete, hatte ich gleich den Verdacht, der Tod seines Bruders könnte etwas damit zu tun haben. Einen Tag nach der Ankunft des Duke hat Sir Thomas mir mitgeteilt, dass es zur Verlobung zwischen Ihnen, Countess, und dem Duke kommen sollte. Ich verschwieg Sir Thomas meine Sorge, was die Absichten des Duke betraf, um die Freude meines Herrn nicht zu schmälern. Denn was mir durch den Kopf ging, waren bis dahin schließlich nur kühne Vermutungen. Wie Sie wissen, beschädigte der Sturm in diesen Tagen das Dach unseres Ostturmes. Als ich mir den Schaden genauer ansah, stellte ich fest, dass nicht das Unwetter die Dachbekrönung herausgebrochen hatte, dies war von Menschenhand geschehen. Da ich zur gleichen Zeit auch die veränderte Gemütslage von Ihnen, Lady Virginia, bemerkt habe, als ich sah, in welcher Verfassung sich Ihre Schwester befand, wusste ich, der Duke hegte auf St. Michael's andere Absichten, als mit uns Weihnachten zu feiern. Zu diesem Zeitpunkt hatte ich bereits Vorkehrungen getroffen. Ich verständigte meinen Großneffen in London und bat ihn, nach Cornwall zu reisen.«

Patters wischte sich über die Stirn. Das lange Sprechen strengte ihn an. »Den Rest wissen Sie bereits, Countess. Am Abend, als die Verlobung bekanntgegeben werden sollte, sah ich keine andere Möglichkeit, das Unglück abzuwenden, als selbst zu verunglücken.«

»Sie sind … Sie haben …?« Impulsiv setzte sich Virginia an die Bettkante des Kranken und nahm dessen Hand. »Sie haben sich die Treppe hinuntergestürzt – für mich? Für mein Wohl?«

»Für das Wohl der Trevelyans, dem ich mein ganzes Leben geweiht habe.«

»Oh, lieber Patters – Ich weiß gar nicht, was ich sagen soll!« Ein kurzes Zusammenzucken machte ihr klar, dass sie sich auf Patters' verletztes Bein gesetzt hatte. »Verzeihen Sie.«

»Von nun an konnte ich in die Vorgänge nicht mehr eingreifen«, setzte er fort. »Charles nahm meinen Unfall wohl als Beweis für meinen Verdacht und traf die kluge Entscheidung, sich in der Agentur als Diener auf St. Michael's zu bewerben. Und auch Sie, Miss Trevelyan, scheinen intuitiv die richtige Entscheidung getroffen zu haben, als Sie ihn als meinen Nachfolger einstellten.«

»Das stimmt.« Sie schwieg mehrere Sekunden lang. »Ich habe allerdings noch eine andere wichtige Entscheidung getroffen, lieber Patters, eine weitreichende Entscheidung.«

»Welche wäre das?«

»Es ist eine Entscheidung des Herzens. Ich habe mich in Ihren Großneffen verliebt, Patters.«

»Oh – oh nein«, erwiderte der alte Butler. »Bitte Countess, verzeihen Sie meine Offenheit, aber das halte ich für ziemlich unklug. Das Schicksal des Schlosses, das Schicksal Ihrer Familie ist ins Wanken geraten. Mein geliebter Herr, der Earl, ist nicht mehr der Mann, der er einmal war. Um seine Gesundheit steht es nicht gut, wir beide wissen es. Ihre Schwester wäre die falsche Person, die Geschicke des Hauses in ihre Hände zu nehmen. Also bleiben einzig und allein Sie, Countess. Sie sind die Letzte der Trevelyans. Ihre Partnerwahl ist von eminenter Bedeutung.«

»Sie haben mit allem recht«, antwortete Virginia. »Doch was wäre, wenn ich dieses eine Mal nicht an die Familie, an St. Michael's und meinen guten Ruf denken würde? Wenn ich einfach nur glücklich sein möchte? Mit Charlie bin ich es.«

Der alte Mann atmete tief durch. »Sie haben mich ins Vertrauen gezogen und zu Ihrem Ratgeber gemacht, Lady Virginia. Deshalb will ich diese Aufgabe auch treulich und vollständig erfüllen.«

»Sprechen Sie, lieber Freund.«

»Sie sind sechzehn Jahre alt, Mylady. Ich zähle dreiundachtzig Jahre. Daran erkennen Sie, wie viel vom Leben noch vor Ihnen liegt. Mein Großneffe Charles ist ein reizender, begabter, junger Mann, wir alle lieben ihn. Aber er ist nicht der einzige Mann, der Ihnen im Leben noch begegnen wird. Es werden andere kommen, auch solche, die von Stand und Namen besser zu einer Countess passen. Ein Mann, an dessen Seite Sie die Familientradition fortsetzen sollen, ein Mann, den Sie genauso lieben werden wie Charles.«

Virginia hatte mit dieser Antwort gerechnet. Von Patters, diesem Leuchtturm an Tradition und Standesbewusstsein durfte sie schwerlich etwas anderes erwarten. Aber es gab noch eine andere wichtige Sache, in der sie auf seine Auskunft hoffte.

»Patters – «, begann sie zögernd.

»Ja?«

»Wissen Sie, wo sich das *Royal Heart* befindet? Jener gelbe Diamant, der unserer Familie mehr Schmerz und Kummer bereitet hat als Freude und Reichtum?« Sie sah Patters in die Augen. »Wissen Sie es, alter Freund?«

»Ja, ich weiß, wo das *Royal Heart* ist, Mylady. Bedauerlicherweise weiß ich es nur zu gut.«

NEUNZEHN

»Wo sind denn nur alle?«, fragte der Duke. Er und Moyra standen einander in der großen Halle gegenüber.

»Ethelred kommt erst Heiligabend wieder«, antwortete sie. »Mein Vater lässt sich entschuldigen. Der Arzt ist gerade bei ihm. Und den jungen Butler hast du selbst in den Kerker werfen lassen, Freddie.«

Der Duke war im abendlichen Frack. Die Brillanten an seiner Hemdbrust blitzten aggressiv. »Und weshalb ist die Polizei noch nicht zu seiner Verhaftung da gewesen?«

»Vi hat dafür gesorgt, dass die Polizisten wieder abgezogen sind. Sie hat den Constables frohe Weihnachten gewünscht und ihnen etwas von unserem Plumpudding mitgegeben.«

»Weggeschickt? Mit welcher Begründung?«, brauste der Duke auf.

»Ich nehme an, unsere Dorfpolizisten hatten ohnehin wenig Lust, jemanden ausgerechnet zu Weihnachten zu inhaftieren.« Moyra wies in die leere Halle. »Ich fürchte, zum Dinner wirst du mit mir allein vorliebnehmen müssen.« Sie winkte dem Valet, es konnte angerichtet werden.

»Und wo ist Virginia?«, schnaubte der Duke.

»Das weiß ich nicht.«

»Kommt sie nicht zum Essen?«

Ein gehässiges Lächeln trat in Moyras Augen. »Vielleicht hat sie etwas Besseres zu tun, Freddie.« Sie ließ sich vom Valet den Stuhl zurückziehen und setzte sich. »Wollen wir?«

»Ich habe keinen Hunger.« Mit fliegenden Frackschößen verließ der Duke St. Anthony's Hall.

Auf verbotenen Pfaden bewegte sich Virginia durch ihr eigenes Haus. Der Earl hatte Befehl gegeben, niemand dürfe den Gefangenen besuchen. Das Essen sollte Mr Kindheart vom Castellan in die Zelle gebracht werden, jenem verwirrten Torwächter, zu dem keiner im Schloss Kontakt hatte.

Doch nicht der Castellan kam mit dem Tablett die Treppe herunter, sondern die Countess persönlich. Den Schlüssel hatte sie aus der Sattelkammer entwendet und schloss damit die schwere Ulmentür auf.

Jahrhunderte der Grausamkeit zogen an ihr vorbei, als sie durch den steinernen Korridor lief. Die Kerze auf dem Tablett beleuchtete jene Werkzeuge an den Wänden, mit denen man Inhaftierte in früheren Zeiten zum Reden gebracht hatte. Virginia erreichte die letzte Tür und spähte durch die vergitterte Aussparung.

»Du hast dich zum Dinner noch nicht umgezogen«, rief sie munter. Hatte das Elend eine Sprache? Verlangte die Tragödie tragische Worte? Virginia kümmerte das nicht, weil ihr selbst fröhlich ums Herz war. Dort lag er, ihr Charlie, lag auf der harten Pritsche und starrte zum Gewölbe hoch.

Für einen Moment war er überrascht, doch schon

im nächsten lachte er über Virginias Begrüßung und setzte sich auf. »Man hat vergessen, mir meinen Frack zu bringen.« Er kam auf die Tür zu.

»Aber Hunger wirst du doch haben?«

»Bärenhunger.« Er beobachtete, wie sie den Schlüssel umständlich ins Schloss steckte und das Tablett dabei fast fallen ließ. »Ich dachte, wenn das nächste Mal hier unten jemand auftaucht, wäre es die Polizei.«

»Die Polizei hat Besseres zu tun.« Der Schlüssel drehte sich im Schloss.

»Was denn?«

»Sie üben die schönen alten Weihnachtslieder und naschen von unserem Plumpudding.« Das Licht flackerte, als Virginia das Tablett abstellte.

Und dann lagen sie einander in den Armen, küssten und streichelten sich, lange und ausgiebig.

»Was sagt dein Vater dazu, dass du mich besuchst?«, raunte er ihr ins Ohr.

»Er weiß es nicht«, flüsterte sie. »Und auch sonst niemand.«

Charlie sah sie an. »Der Duke wird gewiss darauf bestehen, dass ich dem Richter vorgeführt werde. Er und der Earl …«

Sie legte ihm die Hand auf den Mund. »Wenn du einen Augenblick still sein könntest, würden wir all die Dinge besprechen, auf die es wirklich ankommt.«

»Worauf kommt es denn an?« Er führte sie zur Pritsche. Sie setzten sich.

»Ich war bei deinem Großonkel. Er lässt dich grüßen.«

»Onkel Patters?«, erwiderte Charlie überrascht. »Wie geht es ihm?«

Diesmal hob sie nur den Zeigefinger. »Du sollst mich nicht unterbrechen.«

»Verzeih.«

Virginia machte ein bedeutendes Gesicht. »Patters weiß, wo sich das *Royal Heart* befindet. Zumindest glaubt er, es zu wissen.«

»Darf ich etwas sagen?«

Sie nickte huldvoll.

»Ich glaube auch zu wissen, wo der Stein versteckt ist.«

»Du?« Sie rückte ab. »Wie solltest du dahintergekommen sein?«

Statt einer Antwort zeigte Charlie zur Gewölbedecke hoch. »Wie heißt es in eurer Familienlegende? – *Dieses Herz müsst Ihr in einem Stein versiegeln und der*

Stein soll die oberste Bekrönung abschließen.« Er wies auf den fünfeckigen Stein. Im schwachen Schein der Kerze war er fast nicht zu erkennen. »Da hast du deinen Schlussstein. Er stellt die oberste Bekrönung dar, aber nicht des Daches, sondern des Gewölbes. Dieser Stein trägt das ganze Schloss. Du kannst ihn nicht herausnehmen, ohne dass alles zusammenbricht.«

Virginia sah ihn bewundernd an. Er war ganz allein auf des Rätsels Lösung gekommen, das ihr wiederum von Patters anvertraut worden war. »Du hast recht, mein Liebster.« Sie schmiegte sich an ihn. »Zugleich hast du auch unrecht. Es gibt einen Weg.«

»Aber sieh dir doch die Konstruktion an. Du kannst dort oben nichts herausnehmen. Es ist statisch unmöglich.«

»Du bist sehr gebildet, Charlie. Aber dir fehlt die Fähigkeit, zuzuhören.« Sie sah ihn an. »Ich werde dir erklären, wie es funktioniert.« Sie nahm seine Hand und stand auf. »Komm.«

»Ich habe noch nichts gegessen.«

»Das Hähnchen ist versalzen.« Sie zog den Gefangenen aus dem Verlies.

Lustlos führte Moyra Trevelyan Bissen um Bissen an den Mund. Wie still es in der Halle war, wie unheimlich. Ein einzelner Valet stand an der Anrichte, falls sich die Countess noch mehr auftun lassen wollte. Hinter ihr hielt der Sub-Butler die Weinkaraffe bereit, falls sie Durst hatte. Normalerweise fiel Moyra das Personal kaum auf, doch heute Abend kam sie sich zwischen den Männern wie eine Gefangene vor. Wenn wenigstens Ethelred hier gewesen wäre. Sie fand seine Anwesenheit selten inspirierend, aber manchmal tat es gut, einen Mann an ihrer Seite zu haben – am Abend vor Heiligabend zum Beispiel.

Der Sturmmonat machte seinem Namen alle Ehre. Der Wind heulte und blies um die Mauern, sang in den Innenhöfen, die Fenster klapperten, durch jede Ritze zog es herein. Zu allem Überfluss war das Hähnchen versalzen. Moyra aß den Kartoffelbrei und den Rosenkohl, das Hühnerbein schob sie beiseite. Wenn wenigstens Daddy mit ihr essen würde. Warum musste er sich ausgerechnet an diesem Abend ins Bett legen? Heute hatte sich wirklich alles gegen Moyra verschworen.

Dr. Murphy legte dem Patienten das Blutdruckgerät an, pumpte es auf und las den Wert ab.

Aus ernsten Augen sah der Earl ihn an. »Die Wahrheit, Ben. Ich möchte nichts als die Wahrheit von dir hören.«

»Tja, Tommy – « Dr. Murphy seufzte. »Alle Teile unseres Körpers spielen zusammen. So funktioniert das Ganze. Du musst dir das wie bei einem Orchester vorstellen. Sind die Trompeten zu laut, hört man die Geigen nicht mehr. Wenn die Klarinette falsch spielt, wird die schönste Melodie zur Katzenmusik.«

»Und wie ist das bei mir, spielt die Klarinette falsch?«

Der Doktor beugte sich zu seinem Freund. »Du wolltest die Wahrheit, Tommy.«

»Natürlich, Ben.«

»Es ist nicht nur die Klarinette.«

»Heißt das, der Kontrabass fiedelt gegen den Strich?«

»Der Kontrabass, das Flügelhorn und die Piccoloflöte, fürchte ich.« Dr. Murphy zwang sich zu einem Lächeln.

»Könnte man die Instrumente nicht neu stimmen?« Wenig Hoffnung schwang in der Stimme des Earl mit.

Der Arzt öffnete seine Tasche. »Ich gebe dir etwas, Tommy, wovon du gut schlafen wirst. Morgen geht es dir bestimmt besser. Wenn das Wetter nur nicht so feucht wäre. Die Feuchtigkeit ist schlecht für den Kontrabass.«

Als der Doktor aufstehen wollte, um ein Wasserglas zu holen, hielt der Earl ihn fest. »Wie es aussieht, werde ich dem großen Dirigenten da oben bald persönlich begegnen, nicht wahr, ja, Ben, ist es so?«

»Das hat noch ein bisschen Zeit, Tommy.« Dr. Murphy ergriff die Hand des Freundes. »Aber ich will dir nicht verhehlen, dass der letzte Satz der Symphonie begonnen hat.«

»Danke, Ben. Danke für die Wahrheit.« Der Earl sank zurück. »Habe ich mein Haus wohl bestellt? Habe ich meine Töchter abgesichert?«

»Wieso zweifelst du daran?«

»Weil sich Dinge auf St. Michael's zutragen, Dinge …« Sir Thomas schüttelte den Kopf. »Aber das sind Familienangelegenheiten. Gib mir jetzt dein Mittelchen, Ben. Ein guter langer Schlaf ist genau das, was ich brauche.«

Der Duke verließ Virginias Zimmer. Wenn sie nicht mit der Familie zu Abend speiste, hätte sie eigentlich dort sein müssen. Vielleicht war sie aber auch in der Bibliothek. Ihren Geliebten zu besuchen, hatte man ihr untersagt. Aber konnte man einer Countess in ihrem eigenen Haus etwas verbieten?

Getrieben von bösen Vorahnungen lief der Duke den Korridor hinunter. Auch die Bibliothek war leer. Die Lichter brannten. War Virginia gerade noch hier gewesen? Floh sie vor ihm, wusste sie, dass er sie suchte? Und wenn sie das Verbot ihres Vaters missachtet hätte und doch ins Verlies hinabgestiegen wäre? Wer könnte ihm darüber Auskunft geben? Der Castellan natürlich, er hatte Order, über den Gefangenen zu wachen.

Freddie eilte aus der Bibliothek und pochte wenig später an die Tür des Torwächters.

»Hallo, Mann, schlafen Sie?«

Die Behausung des Castellans lag neben dem Schlosstor. Der Sturm wurde immer wilder. Der Duke trug nur seinen Frack, er fror. Er verfluchte das verdammte Schloss, das Meer, den Sturm, den Dezember.

»Aufmachen, Herrgott, ich hole mir den Tod!«

Man hörte ein Schlurfen, ein Licht erschien, jemand räusperte sich. Knarrend schwang die Tür auf. Ein verwittertes Gesicht mit roten Augen, zu Berge stehendes Haar, so trat der Castellan dem Duke entgegen.

»Ja bitte, Sir?«, sagte der Wächter mit schwacher Stimme.

»Auf die Beine, Mann. Ich muss ins Verlies.«

»Niemand darf ins Verlies. So lautet mein Befehl. Wir haben einen Gefangenen dort, und der darf keinen Besuch erhalten.«

»Ich selbst habe den Gefangenen dort einquartieren lassen«, gab der Duke zurück.

»Das stimmt nicht, Sir.« Der Castellan bemühte sich um eine gewisse Würde. »Unser Herr, Sir Thomas, hat den Befehl dazu erteilt.«

»Wissen Sie eigentlich, wer vor Ihnen steht?« Der Duke stellte den Frackkragen hoch.

»Sie sind einer der Gäste unseres Earl, Sir.« Der Castellan rieb sich die Hände, die Kälte drang in seine Wohnung.

»Ich bin der Herzog von Somerset! Sie schlüpfen jetzt sofort in Ihre Schuhe und zeigen mir den Weg in den Kerker!«

Aus roten Augen starrte der Wächter den eleganten Mann an. »Der Herzog … Der Herzog …?«, stammelte er. Und noch einmal: »Der Herzog von Somerset?«

»Das kann nicht dein Ernst sein«, rief Charlie.

Virginia sah sich auf dem menschenleeren Osthof um. »Mein voller Ernst.«

»Du selbst würdest unter keinen Umständen da hinuntersteigen.«

»Natürlich nicht.«

»Aber ich soll es tun?« Charlie beugte sich über den Rand.

»Du schaffst das. Weil du bis jetzt alles geschafft hast.« Sie umarmte ihn.

»Ich habe es geschafft, im Gefängnis zu landen«, widersprach er, ihre Arme um seinen Hals. »Nur Unglück habe ich dir bis jetzt gebracht.«

Sie drückte ihn so fest sie konnte. »Glücklich, glücklich hast du mich gemacht, Charlie.« Wie ein scheues Tier fuhr sie plötzlich hoch. »Hast du das gehört?«

»Was?«

Sie witterte, sie lauschte. »Ach nichts. Aber wenn jemand kommt … Wir müssen schnell sein.« Sie rannte zur nächsten Toröffnung, spähte hinaus und war wieder zurück. »Gott sei Dank ist auf dem Osthof selten jemand.«

»Wie kommt das?«

»Weil wir die Zisterne nur noch manchmal benützen, um die Tiere zu tränken. Daddy hat vor Jahren einen Wasserspeicher installieren lassen. Seitdem wird das Süßwasser vom Festland zu uns herübergepumpt.«

Charlie streichelte ihr Haar. »Du weißt, wie unwahrscheinlich deine Annahme ist.«

»Es ist keine *Annahme.* Dein Großonkel war sich diesbezüglich sicher.«

»Wie kann er sicher sein, wenn die Sache vor so langer Zeit passiert ist?«

Sie nahm seine Hand. »Charlie, wenn die Zisterne tatsächlich über dem Schlussstein endet, muss es möglich sein, von oben an den Stein heranzukommen.«

»Und wenn nicht?«

»Dann bist du lediglich ein bisschen nass geworden.«

»Wir wissen nicht, wie tief die Zisterne ist.«

»Bestimmt nicht tiefer als der Kerker.«

»Aber wir wissen nicht, wie tief das Wasser ist.«

»Es hat in letzter Zeit wenig geregnet. Das dürfte kein Problem darstellen.«

»Kein Problem, wenn ich im Dezember in einen dunklen Schacht hinabtauchen soll?«

Verwundert musterte sie ihn. »So verzagt kenne ich dich gar nicht. Wer ist denn ins kalte Wasser gesprungen, als unser Pferd nicht weiterwollte? Das warst du.«

»Weil ich dir imponieren wollte.«

»Und nun, da es um einen unschätzbaren Diamanten geht, willst du mir nicht mehr imponieren?«

Charlie blieb ihr die Antwort schuldig und zog seine Jacke aus. Er zog sein Hemd aus. Der kalte Hauch stand ihm vor dem Mund. Ein letztes Mal versuchte er, sie umzustimmen. »Es ist unmöglich, Vi. Wenn die Zisterne wirklich bis zum Schlussstein hinunterreicht, müsste das Wasser durch das Gewölbe sickern. Leuchtet dir das ein?«

Statt einer Antwort hob Virginia ihren Rock und zog ihn über den Kopf aus. »Na gut. Du hast es so gewollt.« Die Bluse folgte als Nächstes.

»Was machst du?«, fragte er zitternd.

»Da du dich weigerst, werde eben ich hinuntergehen.« Im Mieder und langen Rüschenunterhosen stand sie vor ihm.

Im nächsten Moment saß Charlie auf der Brüstung. »Kommt nicht infrage.« Er band sich das Seil um den Bauch, das auf der Winde über der Zisterne hing. »Hoffentlich ist der Strick lang genug.«

Virginia trat an die Winde und stemmte sich gegen die Kurbel. »Probieren geht über Studieren.«

»Du musst die Bremse einsetzen«, sagte er.

Sie klappte den Bremssplint in die Zahnräder, damit der Schwung ihr die Kurbel nicht aus der Hand reißen konnte.

Charlie prüfte den Sitz des Seiles und ließ sein Gewicht langsam hineinsinken. Es hielt.

»Nachlassen«, sagte er.

Zahnrad für Zahnrad kurbelte Virginia die Winde abwärts.

»Leb wohl«, seufzte er.

»Bis gleich«, rief sie ermunternd. Hoffentlich sah er die Angst in ihren Augen nicht.

ZWANZIG

Es war Weihnachten, und das Fest versprach, so schön zu werden wie in jedem Jahr. Die hohen Flammen im Kamin flackerten, die Gläser klirrten, die lange Tafel bog sich unter den Köstlichkeiten, die sämtliche dienstbaren Geister von St. Michael's auftischten.

Die Bauern der Umgebung hatten ihren Sonntagsanzug hervorgeholt, die Bäuerinnen die Seidenröcke mit den langen Schleifen, die samtenen Mieder, den cornischen Kopfputz, den schon ihre Großmütter getragen hatten. Die Bürgersleute aus Marazion, aus

Goldsithney und Perranuthnoe schmückten ihren Gehrock mit den Auszeichnungen, die ihnen der Earl zeit ihres Lebens verliehen hatte.

An der Frontseite von St. Anthony's Hall spielte das Bläseroktett mal putzig fröhlich, mal weihnachtlich besinnlich. Im offenen Kamin brannten lichterloh die Tannenstämme; wer mit dem Rücken zum Feuer saß, hielt es dort nicht lange aus. Der Sturm um das Schloss hatte sich gelegt, fast als ob auch er in weihnachtlicher Stimmung wäre. Jedermann erwartete das Erscheinen der Familie. Wie alle wussten, sollte dieses Jahr der Duke of Hailsham Ehrengast auf dem Schloss sein. Manchem der Anwesenden erschien es sonderbar, dass kein Chefbutler zugegen war, der die Geschicke des Festes lenkte. Man wusste vom Unfall des beliebten und betagten Mr Patters, man hatte aber auch von dessen Nachfolger gehört und staunte, dass Patters' Vertreter sich nicht zeigte. Stattdessen übernahm die rangälteste Hausdame dessen Pflichten.

Als Erste erschien die schöne Lady Moyra in der Halle, an ihrem Arm Sir Ethelred. Die Countess nickte huldvoll in die Runde und nahm ihren Platz an der Stirnseite ein. Die anwesenden Damen tuschelten über ihr raffiniertes tiefgrünes Kleid, einige fanden es zu gewagt für Weihnachten, doch konnte man es ihr bei dieser Figur übelnehmen?

Plaudernd trat der Duke ein. Da er ohne Begleitung auf St. Michael's war, erschien er der Tradition gemäß mit der ranghöchsten Aristokratin des Festes, Lady Angela, der Countess of Wiltshire, einer entfernten Cousine von Sir Thomas. Lady Angelas Konversation war facettenreich, und der Duke unterhielt sich angeregt mit ihr. Das hinderte ihn aber nicht daran, neugierige Blicke zur Innentreppe zu werfen, wo jeden Moment der Earl erscheinen sollte. An dessen Arm würde seine junge, unverheiratete Tochter eintreten, die Erbin dieses Schlosses. Am Abend zuvor hatte Freddie sie nirgends finden können. Wie befürchtet, war das Verlies leer gewesen. Die Countess hatte ihrem Geliebten tatsächlich zur Flucht verholfen. Der Bursche selbst war unwichtig, dachte der Duke. Außerdem konnte er sicher sein, dass Virginia nicht ausgerechnet an Heiligabend mit dem Butler durchbrennen würde. Das könnte sie ihrem Vater niemals antun.

»Der botanische Garten auf den Scilly Islands ist gewiss der artenreichste von ganz Cornwall«, sagte Lady Angela gerade. »Ich habe dort Pfefferbäume gesehen und Agaven aus Mexiko, Natternköpfe von den Kanarischen Inseln und immergrüne Bromeliengewächse. Das Herzstück von *Tresco Abbey Garden* stellt ein Kloster dar, eine Benediktinerabtei. Heute ist es eine Ruine.«

Der Duke nickte interessiert, und das war er auch. Da er grundsätzlich den Menschen nicht viel abgewinnen konnte, war sein Steckenpferd die Botanik. Normalerweise hätte er gern mehr über die Pflanzenwelt auf den Atlantikinseln gehört, doch mit einem Mal waren ihm die mexikanischen Natternköpfe und kanarischen Bromelien einerlei. Er starrte die Treppe hoch, seine Augen wurden groß und fassungslos.

Der Anblick war auch durchaus erhebend, als Sir Thomas Trevelyan mit seiner jüngsten Tochter in den Festsaal herabstieg. Der Earl trug einen zeremoniellen Frack, dazu den Orden, den ihm Seine Majestät vor Jahrzehnten verliehen hatte, das *Royal Cross of Merit*. Vorsichtig nahm Sir Thomas Stufe um Stufe. Nur Eingeweihte merkten, dass Virginia ihren Vater unauffällig stützte. Sie trug ein zartblaues Kleid mit kurzer Schleppe und im Haar jenes Diadem, das ihre Mutter ihr vererbt hatte. Doch um den Hals trug Lady Virginia –

Freddie verengte die Augen. Was trug Virginia denn um den Hals? Es war eine Kette aus Weißgold, vielleicht Platin, und daran hing ein Stein von ungewöhnlicher Größe, eingefasst von winzigen Rubinen. Dieser Stein hatte eine gelbliche Färbung. Es hätte ein Citrin, vielleicht auch ein gelber Saphir sein können. Niemand im Saal hatte diesen Schmuck je an Lady Virginia gesehen. Keiner der Anwesenden hatte diesen Stein überhaupt je in seinem Leben zu Gesicht bekommen. Dieser Stein existierte angeblich gar nicht. Er tauchte nur in Büchern, in einer Legende auf. Sagen rankten sich um ihn, Wünsche, Begehrlichkeiten, Gier.

Keinen Augenblick glaubte Freddie daran, dass es ein Saphir sei, der Virginias Dekolleté schmückte. Der einzige Schluss, der aus dem Auftritt der Countess zu ziehen war: Sie hatte das *Royal Heart* gefunden.

»Bitte entschuldigen Sie mich einen Augenblick, Lady Angela«, unterbrach er deren Erzählung, wartete die Erwiderung nicht ab, sprang auf und umrundete die Tafel.

Die Gäste hatten sich erhoben, um dem Earl ihre Ehrerbietung zu bekunden. Der Hausherr und seine

Tochter erreichten ihre Plätze. Bevor sie sich setzten, war der Duke bereits zur Stelle.

»Du siehst bezaubernd aus, meine Liebe.« Er küsste Virginia die Hand.

»Danke, Freddie.« Sie lächelte. »Wie nett, dass du dich heute Abend um Tante Angela kümmerst.«

Für einen Moment war der Duke sprachlos. »Ich hatte eigentlich gehofft, das Weihnachtsdinner an deiner Seite einnehmen zu können, meine Liebe.«

»Aber das würde meine Überraschung ruinieren«, mischte sich Sir Thomas ein.

»Welche Überraschung?«

»Als Höhepunkt unseres Festes möchte ich heute Abend deine Verlobung mit Virginia bekannt geben, mein lieber Junge«, antwortete Sir Thomas sonnig. »Jedermann würde sofort seine Schlüsse ziehen, wenn du dich jetzt gleich neben deine Braut setzt.«

Der Duke spürte instinktiv, dass hier etwas nicht stimmte. Es lag an der Art, wie der Earl ihn behandelte. Unverändert freundlich, bemerkte Freddie doch die Kühle in den Worten des Gastgebers. Auch Virginia trug eine heitere Maske, hinter die Freddie nicht zu spähen vermochte. Unter anderen Umständen wäre er der Sache sofort auf den Grund gegangen, doch in diesem Moment waren zweihundert Augenpaare auf den Duke gerichtet. Er setzte ein gewinnendes Lächeln auf.

»Also hast du ihn gefunden?«, raunte er Virginia zu. »Du hast das *Royal Heart* tatsächlich aufgespürt.«

»Nicht ich«, antwortete sie im gleichen sanften Ton. Man konnte meinen, die beiden unterhielten sich über etwas so Harmloses wie das Wetter.

»Wer war es dann?«

»Der Mann, den du in den Kerker hast werfen lassen, Freddie.« Aus stählernen Augen sah sie ihn an.

»Der … Butler? Dieser Betrüger, der Verführer? Und das haben Sie zugelassen, Mylord?«

»Ich fürchte, wir können unsere Gäste nicht länger warten lassen«, antwortete Sir Thomas. »Es kommt die Stunde, zu der wir all das besprechen werden, mein lieber Junge.« Er nahm Platz.

Die Anwesenden setzten sich ebenfalls. Der Einzige, der noch stand, war der Duke. Da am Kopf der Tafel kein Platz für ihn vorgesehen war, blieb ihm nichts anderes übrig, als zu seiner Tischdame zurückzukehren.

Sir Thomas räusperte sich und erhob sein Glas. »Es ist Weihnachten, meine Lieben! Wieder einmal ist es

Weihnachten geworden. Viel ist seit dem letzten Mal geschehen. Vieles, was wir einander heute Abend erzählen werden. Es ist der alte, lieb gewonnene Brauch, dass wir zu diesem Fest in der Halle von St. Anthony's zusammenkommen und Heiligabend miteinander begehen. Und so begrüße ich euch alle, ohne jeden Einzelnen von euch zu nennen. Aber ich kenne euch alle, so wie ihr mich kennt. Wir sind eine große Familie, wir, das ist dieses Land und diese Küste, unser Cornwall. Wir sind genauso wechselhaft und ebenso beständig wie unsere Heimat, und so treu. Ich danke euch, dass ihr gekommen seid und wünsche euch allen: Fröhliche Weihnachten!«

Die Gläser gingen hoch, die Menschen prosteten ihrem Earl zu. Sie prosteten einander zu, küssten und umarmten sich, hundertfach flog das Grußwort durch die Halle – *fröhliche Weihnachten euch allen!* Sir Thomas gab das Zeichen, dass der erste Gang aufgetragen werden konnte.

Virginia stieß mit ihrem Vater an, nachdenklich trank sie von dem guten, schweren Wein. Charlie, ihr Liebster, war mit dieser Lösung einverstanden gewesen. Er bestand nicht darauf, schon an Heiligabend rehabilitiert zu werden. Virginia hatte allerdings auf verschiedenen Dingen bestanden, als sie heute Morgen ihrem Vater einen Besuch abstattete.

Wie ein begossener Pudel war Charlie nach dem zweiten Versuch aus der Zisterne aufgetaucht. Er prustete, er rang nach Luft, er hing an der Seilwinde und zitterte so erbärmlich, dass Virginia ihn am liebsten in warme Decken gehüllt vor ein Feuer gesetzt hätte.

»Da unten … ist … was«, rief Charlie mit klappernden Zähnen. »Ich konnte es … nicht genau erkennen. Das Seil … ist zu kurz.« An dem Tau hängend rieb er sich Arme und Schultern.

»Zu kurz? Das heißt, du warst noch nicht ganz unten?« Am liebsten hätte sie ihn sofort aus dieser Lage befreit, aber Virginia riss sich zusammen. Jetzt oder nie würden sie die Wahrheit der Legende erfahren.

»Ich war fast unten«, stotterte er. »Ich muss … noch einmal …«

»Was willst du noch einmal tun?«

»Runter … tauchen.«

»Aber wenn das Seil zu kurz ist – « Ihr zitternder Liebster tat ihr von Herzen leid.

»Ich tauche … tauche diesmal ohne Seil.« Mit

dem Fuß stützte er sich am Zisternenrand ab und begann, den Knoten um seinen Bauch zu lösen.

»Charlie, nein!«, rief sie. »Wenn du nicht am Seil hängst, wie soll ich dich dann wieder hochziehen?« Sie wollte zu ihm, getraute sich aber nicht, die Winde loszulassen.

»Du lässt das Tau bis an die Wasseroberfläche runter, dann kann ich es fassen und daran hochklettern.« Seine klammen Finger hatten Mühe mit dem Knoten.

»Der Schacht ist mindestens zehn Yards tief, Charlie, und unter der Wasseroberfläche sind es …«

»Noch mal zehn Yards«, hauchte er.

»Du willst zehn Yards tauchen, in der Dunkelheit einen Stein öffnen, wieder hochkommen und dich dann an einem Seil zehn Yards emporziehen? Charlie, das ist Selbstmord!«

»Jetzt übertreibst du.«

Er lächelte, doch sie glaubte ihm seine Abgebrühtheit nicht. »Charlie, bitte, komm da raus!«

»Du hast mich runtergeschickt. Und ich glaube, dass da unten etwas ist. Ich muss es nur erreichen.« Der Knoten begann nachzugeben. »Wünsch mir Glück, Virginia.«

»Charlie, bitte!« Sie sahen einander an. Virginia sah eine wilde Entschlossenheit in seinen Augen. »Viel Glück, mein Liebster«, seufzte sie.

Er ließ das Seil los und stürzte in die Tiefe. Weit unten hörte Virginia ihn aufklatschen.

»Alles in Ordnung?«, rief sie.

Keine Antwort.

»Charlie! Charles! Geht es dir gut?« Es blieb still. So schnell sie konnte, ließ sie das Seil hinab.

Er hätte sterben können, dachte Virginia und rückte mit dem Stuhl dicht an die Weihnachtstafel heran. Ein Sturz aus dieser Höhe, die Kälte, der Versuch, unter Wasser einen jahrhundertealten Stein zu öffnen, er hätte dabei sein Leben lassen können. Wieso habe ich das zugelassen? War ich verantwortungslos, gierig oder nur neugierig? Nein. Ich war zuversichtlich. Weil ich wusste, dass nur er es kann, mein Charlie, niemand sonst. Nein, dachte sie abermals, in Wirklichkeit war ich einfältig und dumm.

Im Zwiespalt solcher Gefühle löffelte Virginia ihre Suppe. Bald darauf wurde der zweite Gang aufgetragen, Steinbutt in Sesamsauce. Der dritte Gang kam, Fasanenbrust auf Wirsing, dazu Schwenkkartoffeln. Während des Essens warf der Duke begierige Blicke zu Virginia. Sie war sicher, seine Augen ruhten nicht auf ihr, sondern auf dem *Royal Heart.* Das Juwel so nahe zu wissen und doch nicht in seinen Besitz zu gelangen, musste schmerzlich für Freddie sein.

»Liebe Gäste!« Zum zweiten Mal stand Sir Thomas auf. »Ich habe heute Abend eine besondere Verlautbarung zu machen. Was ich zu sagen habe, ist unüblich für eine Weihnachtsfeier, aber notwendig. Deshalb schenken Sie mir bitte kurz Ihr Gehör.«

Die Gespräche und auch das Bläseroktett verstummten. Besteck wurde auf die Teller gelegt, alle wandten sich gebannt dem Gastgeber zu. St. Anthony's Hall leuchtete feierlich im Schein der Kerzen. Der Tischschmuck aus Reisigzweigen zog sich wie eine Girlande über die hufeisenförmige Tafel. Behutsame Hände hatten selbst geflochtene Stohsterne dazwischen gestreut, das Kerzenlicht verlieh ihnen Glanz, als ob das Stroh pures Gold wäre.

»Wie wir sehen, gibt uns der Duke of Hailsham heute die Ehre, mit uns Weihnachten zu feiern. Und um ihn, den Herzog von Somerset, geht es auch in erster Linie. Euer Gnaden, bester Freddie, wären Sie so nett, aufzustehen? Wir wollen Sie doch alle gut sehen können.«

Vielleicht hätte die Wortwahl des Earl dem Duke eine Ahnung geben können, was nun folgen würde, doch ein eitler Mann wie er hielt es für Ehrerbietung, im Zentrum der Ansprache zu stehen. Mit einem gönnerhaften Lächeln stand Freddie auf.

»Sie sind der Mann, Sir, der sich gewissenlos in mein Haus geschlichen hat«, begann Sir Thomas. »Sie haben mein Vertrauen schamlos missbraucht, genau wie das meiner Töchter.«

War es vorhin schon still an der Tafel geworden, hätte man nun eine Stecknadel fallen hören. Die Züge des Duke verwandelten sich in eine undurchdringliche Maske.

»Sie versuchten, meinen Kindern Angst einzujagen«, fuhr der Earl fort. »Indem Sie meinen Mädchen mit einem Skandal gedroht haben, der unsere Familie zerstören sollte. Ich bin ein alter Mann, Euer Gnaden, aber ein gewitzter Mann bin ich immer noch. Meine Tochter Virginia ist von großer Herzensgüte. Sie wollte mich vor Entehrung und Blamage bewahren und hätte jedes Opfer dafür auf sich genommen. Deshalb hat sie mir Ihren schändlichen Plan verschwiegen.« Sir Thomas berührte die Hand seiner Tochter. »Und ich bin ihr dankbar dafür.« Er wandte sich zur anderen Seite. »Meine ältere Tochter Moyra ist aus einem anderem Holz geschnitzt. Sie hat mich rechtzeitig davon informiert, dass Sie ein Erbschleicher sind, Euer Gnaden, ein Bankrotteur und ein gewissenloser Betrüger. Die Schriften, mit denen Sie meine Töchter erpressen wollten, sind samt und sonders gefälscht. Sie fragen sich, woher ich das weiß?«, rief der Earl dem Duke zu, der weiß wie das Tischtuch geworden war, auf das er sich stützte.

»Ich weiß es, weil ich eine Anwaltsfirma eingeschaltet habe. Deren Untersuchungen haben ergeben, dass Ihr bedauernswerter Bruder vor seinem Tod nichts mehr zu Papier bringen konnte, nicht einmal seinen letzten Willen! Die belastenden, anklagenden Zeilen, die mein Haus diskreditieren sollten, existieren nur, weil jemand anders sie verfasst hat. Sie selbst, Euer Gnaden, sind das gewesen! Eine Prüfung der Handschrift habe ich bereits in Auftrag gegeben. Was das Ergebnis betrifft, hege ich keine Zweifel.«

Es war so atemlos still in St. Anthony's Hall, dass das Knarren der Schuhsohlen eines Kellners zu hören war, der von einem Fuß auf den anderen trat. Zuerst starrten alle Sir Thomas an, den man noch nie so scharf und kompromisslos hatte sprechen hören. Danach wandten sie ihre Blicke zum Duke und warteten, was er zu seiner Verteidigung sagen würde.

Der Duke of Hailsham hielt den Blick gesenkt. Seine Backenmuskeln traten hervor. Seine Fingernägel schabten über das weiße Tuch.

»Verehrte Lady Angela«, sprach er kaum hörbar. »Ich muss Sie bitten, mich zu entschuldigen. Ich kann den Rest des Abends nicht an Ihrer Seite verbringen.«

»Seien Sie unbesorgt, Euer Gnaden«, antwortete die Countess. »Es findet sich bestimmt genug Gesprächsstoff, nachdem Sie gegangen sind.«

»Gegangen?« Er fixierte seine Tischdame. »Nachdem ich *gegangen* bin?« Abrupt richtete der Duke sich auf, zog seinen Frack glatt und fixierte den Gastgeber. »Sie scheinen vergessen zu haben, mit wem Sie sprechen, Mylord. Ich bin der 63. Herzog von Somerset und Pool.«

»Nein, Freddie«, ging der Earl dazwischen. »Ich fürchte, Sie selbst haben Ihren Stand vergessen und was sie ihm schuldig sind. Ich kann nur hoffen, dass es Ihnen auf der Heimreise wieder einfallen wird. Denn ich habe rechtliche Schritte gegen Sie eingeleitet.«

Als der Duke immer noch keine Konsequenzen zog, wurde Sir Thomas deutlicher.

»Auf den Nachtisch werden Sie wohl verzichten müssen, Freddie. Kandierte Feigen mit Schokoladenglasur – unsere liebe Mrs Pearce hat sich besondere Mühe gegeben.«

Alfred, der Duke of Hailsham, Herzog von Somerset und Pool, wandte sich so entschlossen um, dass sein Stuhl gegen die Wand geschleudert wurde. Er durchquerte den Saal. Gefolgt von den fassungslosen Blicken der Anwesenden verließ der Duke St. Anthony's Hall.

EINUNDZWANZIG

In der Halle wurde sauber gemacht, Heiligabend war vorüber. Tonnen von Geschirr wanderten in die Küche. Vier Tellerwäscher machten sich an die Arbeit. Die Feier war kürzer ausgefallen als gewöhnlich. Der Donnerschlag, den der Earl hereinbrechen hatte lassen, war so manchem aufs Gemüt geschlagen. Es ging auf Mitternacht.

Um diese ungewöhnliche Zeit hatte Sir Thomas zwei Menschen auf sein Zimmer gebeten. Zögernd, leise, ein wenig ängstlich traten Virginia und Kindheart ein.

Der Earl warf einen Blick auf die Kaminuhr. »Wie spät es geworden ist.«

»In der Tat, Mylord.« Charles blieb in respektvollem Abstand stehen.

»Nicht so scheu«, ermunterte ihn der Earl. »Sie haben sich auf ein hohes Ross geschwungen, bester junger Mann. Nun seien Sie auch so couragiert und stehen Sie dazu.«

»Ich war mir nicht bewusst, dass ich mich auf ein Ross geschwungen hätte, Mylord.«

»Setzen Sie sich. Wir alle wollen uns setzen, denn …« Ächzend ließ er sich in den Sessel fallen. »Denn diese Schuhe, vielmehr meine Füße bringen mich um. Ich möchte gleich zu Bett gehen.«

Während Kindheart auf der vordersten Kante eines Stuhles Platz nahm, kniete Virginia sich hin und zog ihrem Vater die Stiefeletten aus. Die schwere Kette, vielmehr das *Royal Heart*, war ihr dabei im Weg.

»Der Klunker ist ziemlich unpraktisch, nicht wahr?«, schmunzelte Sir Thomas.

»Du hast recht.« Sie stand noch einmal auf, strich ihr Haar aus dem Nacken und stellte sich mit dem Rücken vor Charlie. »Hilfst du mir bitte?«

Er löste den Verschluss. Im nächsten Moment hielt

Charles Kindheart das kostbare Juwel in seinen Händen.

»Ich verdanke Ihnen viel, Mr Kindheart.« Sir Thomas trat vor sein Bett. »Und weil ich Ihnen so viel verdanke, sollten wir gemeinsam über Ihre Zukunft nachdenken.«

»Wenn Sie das für richtig halten, Mylord – « Charlie legte die Kette auf den Nachttisch.

»Ihnen ist hoffentlich klar, dass Sie meine Tochter nicht heiraten können«, fuhr Sir Thomas im gleichen freundlichen Ton fort.

»Wieso nicht, Daddy?« Virginia fuhr herum.

Doch Kindheart nickte. »Ich weiß, Mylord. Das habe ich mir auch schon gedacht.«

»Was redet ihr da?«, empörte sie sich. »Das ist ja wohl auch meine Entscheidung!«

Der Blick des Vaters war milde und ernst zugleich. »Du bist sechzehn, mein Liebling. In vier Jahren darfst du deine eigenen Entscheidungen treffen, aber selbst dann ist eine Weisung des Earl of Laureal immer noch bindend.«

»Vier Jahre soll ich warten, bis ich … bis Charlie und ich …!«

»Ungeduld war schon immer deine hervorstechendste Untugend«, tadelte sie Sir Thomas schmunzelnd. »Du kannst Mr Kindheart unter den jetzigen Umständen nicht heiraten. Andererseits gibt es da eine Möglichkeit, diese Umstände zu ändern.«

»Welche denn, Daddy?« Sie lief zu ihrem Vater und half ihm aus dem Frack.

»Ein Adelstitel ist Ihnen verwehrt, Mr Kindheart, außer – und dieses *Außer* ist von Wichtigkeit –, außer ich würde Sie adoptieren und damit in die Erbfolge der Trevelyans aufnehmen.«

»Adoptieren … mich?«, war alles, was Charlie hervorbrachte.

Mit einer Geste deutete der Earl an, dass er noch nicht fertig sei. »Wenn Sie also ein Familienmitglied der Trevelyans geworden sind und damit in den Rang eines Count oder Baron aufsteigen, sieht die Sache anders aus. Da Sie und Virginia nicht blutsverwandt sind, würde in diesem Fall einer Verehelichung nichts mehr im Wege stehen.« Er blickte von seiner Tochter zu dem verdutzten Butler und wieder zurück. »Was sagt ihr dazu?«

»Papa – «, flüsterte Virginia. »Oh, du lieber, guter, du einziger Papa!«

»Natürlich bin ich dein einziger Papa«, lachte Sir

Thomas und ließ die Zärtlichkeiten seiner Tochter über sich ergehen. »Und jetzt ins Bett mit uns allen! Ich sterbe vor Müdigkeit und möchte vor morgen früh keinen von euch mehr sehen.«

Charles erhob sich und machte eine korrekte Verbeugung. »Selbstverständlich, Mylord.«

Virginia küsste ihren Daddy noch einmal, huschte zu Charlie und schob ihre Hand in seine.

»Nein, das geht nicht«, rief der Lord ihnen nach. »Ihr beide sagt euch jetzt gesittet gute Nacht. Kein Geturtel und Gekose mehr, habe ich mich klar ausgedrückt?«

»Das haben Sie, Mylord.«

Sir Thomas ließ die Hosenträger herunter. »Hinaus mit euch, oder wollt ihr mich in Unterhosen sehen?«

Hand in Hand verließen die Verliebten das väterliche Schlafgemach.

Virginia hatte sich alles genau überlegt. Doch je länger sie nachdachte, desto mehr Fragen tauchten auf. Charlie hatte das *Royal Heart* aus der Tiefe der Zisterne getaucht, weil Virginia es von ihm verlangte.

Charlie sollte adoptiert und zum Count geadelt werden, weil Daddy das so vorsah. Aber wer fragte eigentlich Charlie, was er selbst wollte? Im Taumel der Ereignisse war die wichtigste Person nicht nach ihrer Meinung, ihren Wünschen gefragt worden. Charlie war Student, er hatte bestimmt andere Pläne für sein weiteres Leben geschmiedet. Das Dasein auf St. Michael's bestand nicht nur aus Liebesgeflüster und Sonnenschein. Die Hälfte des Jahres regnete es, die andere Hälfte blies der Sturm. Die Tage auf dem Schloss verliefen eintönig, zumindest für jemanden, der gewohnt war, in London zu leben.

London! Wieso konnten sie und Charlie nicht nach London ziehen? Wäre das nicht großartig, zumindest für einige Zeit? Doch das ging ja nicht, weil ihr Vater Virginia brauchte. Daddy brauchte sie mit jedem Jahr mehr, und eines Tages würde sie als Countess allein auf diesem Schloss bestimmen. Oder wäre das zugleich Charlies Aufgabe? Welchen Rang bekleidete er in Zukunft bei den Trevelyans? Plötzlich ärgerte sie sich, dass sie in den gleichen Kategorien dachte wie ihr Vater und die meisten Aristokraten. Natürlich wäre Charlie in erster Linie ihr geliebter Mann und erst danach der … tja, er würde wohl die Rolle des Prinzgemahls erhalten. Nicht er, sondern Virginia erbte den Titel.

Die Fragen und Zweifel ließen Virginia nicht einschlafen. Morgen war der erste Weihnachtsfeiertag. Doch an diesem Morgen würden andere Ereignisse in den Vordergrund treten als das Fest. Gewiss war der schmähliche Abgang des Dukes Gesprächsthema, auch das überraschend gefundene Juwel und natürlich der junge Butler, gestern noch in den Kerker geworfen, stieg er nun zum Vertrauten des Earl auf, zum Erwählten der Countess. Solche Neuigkeiten würden durch das Schloss geistern, statt Weihnachtswünsche würden Gerüchte durch die alten Mauern wispern.

Deshalb wollte Virginia die wichtigsten Fragen klären, bevor die Sonne aufging, bevor die Ereignisse über ihr zusammenschlagen würden. Sie schlüpfte aus dem Bett, verließ ihr Zimmer und öffnete auf der anderen Seite des Korridors leise die Tür.

»Daddy?« Virginia schlich näher. »Daddy, schläfst du?« Noch ein Schritt. Sie blieb stehen. »Natürlich schläfst du. Du musst müde sein. Aber ich möchte … Nein, ich muss. Heute Nacht brauche ich deinen Rat, Papa.«

Sie lief bis an sein Bett. »Bitte wach auf, Daddy.« Sanft legte sie ihre Hand auf seine Schulter und schüttelte ihn. »Komm, mein lieber Daddy, wach doch auf.«

Sie zog die Hand zurück, tastete nach der Lampe und den Streichhölzern.

Virginia wusste es, bevor sie das erste Schwefelhölzchen entzündet hatte. Sie wusste es, wusste es genau. Sie nahm den Glasschirm ab und hielt die Flamme an den Docht. Sie setzte den Schirm wieder auf und drehte den Docht höher. Die Lampe verströmte ihren warmen, hellen Glanz.

Noch nie hatte Virginia einen friedlicheren Anblick gesehen als diesen. Wenn je ein Mensch sanft und glücklich von einem Leben in das nächste hinübergewechselt war, dann ihr Vater. Mit geschlossenen Augen lag der Earl of Laureal da, ein Lächeln spielte um seinen Mund. Er strahlte Sanftmut, Zufriedenheit, er strahlte Erfülltheit aus.

»Oh Daddy, mein lieber Daddy«, flüsterte sie unter Tränen. »Schlaf nur, mein wunderbarer Vater. Schlaf. Ruh dich aus.«

Sie nahm den Toten in ihre Arme. Sie streichelte sein weißes Haar. Nach und nach, ohne dass sie es bemerkte, begann sie mit ihm zu sprechen. Sie erzählte ihm, wie es ihr ums Herz war. Sie erzählte ihrem Vater alles.

———— ◆ ————

»Ich habe mit ihm gesprochen, bis der Morgen graute«, erzählte Virginia. Die Hundertjährige hielt die Tasse in der Hand, der Tee war kalt geworden.

Timmy saß an ihrem Bett. Verstohlen wischte er sich Tränen aus den Augen. »Und dann?«

Mit wachem Blick sah ihn die Großmutter an. »Was dann kam, war ziemlich einfach, Timmy.«

»Einfach? Ich dachte, es wäre schrecklich für dich gewesen, Nana.«

»Das Schrecklichste hatte ich bereits hinter mir.«

»Aber das Begräbnis – und die Erbfolge. Was wurde aus Charlie? Nun, da dein Vater tot war, konnte nichts mehr so geregelt werden, wie er es vorgesehen hatte.«

»So ist es, mein Lieber.« Sie ließ den Kopf gegen das Kissen sinken. »Und das war das größte Glück meines Lebens.«

»Dein Glück?«

Sie schaute aus dem Fenster. »Noch vor dem Jahrhundertwechsel wurde Daddy in der Familiengruft beigesetzt. In der Grafschaft hielt man eine Staatstrauer von drei Tagen ab. Der Gedenkgottesdienst fand nicht bei uns in der Schlosskapelle statt, sondern in der Kirche von Marazion. Der Bischof kam aus Truro, er hat sehr schön gesprochen. Auch ich sollte eine kleine Rede halten. Aber ich habe Moyra den Vortritt gelassen.«

»Wieso?« Timmy rieb sich die Hände. Das Feuer war ausgegangen.

»Weil sie die Ältere von uns beiden war, und es außerdem nichts gab, was ich hätte sagen können, das Daddy gerecht geworden wäre. Er und ich, wir waren wie zwei Liebende, verbunden durch ein Band, das nie zerreißen wird, das ich aber auch mit niemandem teilen konnte. Nach dem Gottesdienst haben mir alle kondoliert.«

»Und dann?«

»Bin ich hinausgegangen.«

»Ja und? Was ist geschehen?«

»Dann bin ich abgefahren.«

»Wohin?«

»Das müsstest du doch wissen, Timmy.«

»Wieso sollte ich das wissen, Nana?«

»Weil deine Existenz darauf beruht, dass ich nach dem Gedenkgottesdienst meines Vaters für immer fortgegangen bin. Vor der Kirche wartete eine Kutsche. Nicht das auffällige Gefährt mit den vergoldeten Lampen und dem Emblem des Earls an den Türen, nur ein schlichter Wagen mit Verdeck, gezogen auch nicht von Archibald, sondern einem frischen Pferdchen. Die Stute hieß Contessa.«

»Ich nehme an, dass auch nicht euer alter Kutscher die Zügel geführt hat.«

»Kluger Junge, Timmy.« Sie gab ihm die leere Tasse. »Ich bin eingestiegen, Charlie hat mit der Zunge geschnalzt, Contessa setzte sich in Trab. Ich habe mich nicht ein einziges Mal umgedreht. Und ich bin nie wieder nach St. Michael's Mount zurückgekehrt. Vierundachtzig Jahre lang nicht. Bis zu jenem Tag, an dem du dein Auto hervorgeholt und mich hierher gebracht hast.«

»Aber das Schloss – dein Erbe – Charlie –, ich verstehe das alles nicht. Wenn du mit ihm durchgebrannt bist, dann … dann hast du ihn also doch geheiratet?«

»Natürlich, Timmy. Was denkst du denn? Wir wollten Kinder kriegen.«

»Aber dein Name ist nicht Kindheart. Mein Name ist nicht Kindheart.«

»Wenn du mir noch eine Tasse Tee bringst, erzähle ich dir alles ganz genau.«

So schnell wie jetzt hatte Timmy noch nie den Herd angeheizt, Wasser aufgekocht und Tee zubereitet.

»Bitte sehr. Erzähl, Nana, erzähl schon.«

»Charles Kindheart war der Ruf des Lebens für mich, den Gott mir geschickt hat, damit ich ein anderes Leben führen sollte als alle meine Vorfahren. Von jemandem abzustammen, der im 13. Jahrhundert Seite an Seite mit dem König Schlachten ausgefochten hat, ist bedeutungslos, es macht vor allem nicht glücklich. Ich aber wollte glücklich sein. Ich wollte dem Ruf des Lebens folgen. Ich habe all die Geschenke meiner Herkunft in die Hände des Schicksals zurückgelegt. Ich habe meine Besitzungen Moyra überschrieben. Sie mag nicht der beste Mensch gewesen sein, aber eines konnte sie wie keine zweite: Eine feine Lady spielen. Sie war die wirkliche Countess auf St. Michael's, ich bin es nie gewesen. Als sie älter wurde, fand Moyra zu Ruhe und Besonnenheit und hat ihr Erbe gut verwaltet. Da sie und Ethelred keine Kinder bekommen konnten, wäre die Last des

Titels schließlich wieder an mich zurückgefallen. Aber das wollte ich um keinen Preis. Moyras Mann Ethelred starb kurz nach ihr. Damals habe ich das Schloss, die Insel und alle Ländereien an den *National Trust* vermacht. Die Grafschaft Cornwall verwaltet dieses Gut seit vielen Jahren weit besser, als ich es je gekonnt hätte.«

»Was wurde aus dem Duke?«, fragte Timmy.

»Der betrügerische Freddie? Ach ja. Er kam aus seinen Schwierigkeiten nicht heraus. Die Schulden wuchsen ihm über den Kopf. Bei Nacht und Nebel ist er nach Venezuela geflohen. Doch ein Mann wie Freddie wurde in Venezuela nicht froh. Er hat sich in der Nähe von Caracas eine Kugel in den Kopf geschossen. Man fand seine Leiche Tage später, als die Möwen sich bereits daran gütlich taten. Ein unrühmliches Ende für einen ruhmlosen Menschen.«

»Und du und dein Charles?«

»Charlie und ich wurden so glücklich, wie zwei Menschen nur sein konnten. Er hat sein Studium beendet und bekam an der Universität von Oxford eine Assistentenstelle. Später wurde er Dozent. Wir lebten in Oxford, manchmal in London. Die meiste Zeit mit Charlie war ich froh und unbeschwert.«

Timmy nickte bewegt. »Was ich noch nicht verstehe, Nana: Du heißt nicht Kindheart, sondern Barnes. Auch meine Eltern heißen Barnes.«

Ihre Hand strich über die Decke, hin und her. Es kostete sie Mühe, das Kommende auszusprechen.

»Charlie starb mit knapp vierzig Jahren. Es ging unglaublich schnell. Ich war auf seinen Tod nicht vorbereitet. Bis zuletzt bin ich bei ihm gewesen.«

»Aber da warst du doch erst …«

»Ich war Witwe mit neunundzwanzig. Jahrelang habe ich um ihn getrauert. Doch danach bin ich, wie du weißt, wieder dem Ruf des Lebens gefolgt. Ich habe noch einmal geheiratet. Timothy Barnes war ein guter Mann, ganz anders als Charles. Auch er ist nun schon viele Jahre tot.« In einem plötzlichen Entschluss gab Virginia Timmy die Tasse, schlug die Decke zurück und schwang die Beine aus dem Bett.

»Was willst du tun, Nana?«

»Wir brechen auf.«

»So schnell?«

»Natürlich schnell.« Sie zeigte aus dem Fenster. »In einer halben Stunde setzt die Flut ein. Wir müssen uns beeilen. Hilf mir beim Anziehen.«

»Aber …« Timmy war von der Energie seiner Großmutter überfordert. »Ich muss erst das Feuer im Herd löschen.«

»Das geht von selbst aus.«

»Wir müssen packen.«

»Das dauert keine zwei Minuten.«

»Was wird Mr Starmuehler sagen, wenn wir Hals über Kopf aufbrechen?«

»Von allen Dingen, die mich derzeit beschäftigen, steht an allerletzter Stelle das Problem, was Mr Starmuehler dazu sagen wird.« Sie machte ein paar vorsichtige Schritte zu dem Stuhl hin, auf dem ihre Kleider lagen. »Los, Timmy, hilf mir. Ich will dieses Eiland endlich verlassen. Und in meinem Alter stehen die Chancen gut, dass ich es niemals wiedersehen muss.«

Timmy tat, wie Virginia ihm auftrug. Tatsächlich brachte er sie kaum eine Viertelstunde später im Rollstuhl zum Vauxhall. Die Koffer und der Stuhl wurden verstaut, angeschnallt saß Nana auf dem Beifahrersitz.

»Los geht's!«, rief sie. »Ach, wie ich mich freue, nach Hause zu kommen.«

»Du bist mir schon eine lustige Alte«, lachte

Timmy und steuerte auf die schmale Straße hinaus, die St. Michael's mit dem Festland verband. »Manchmal hast du wirklich noch etwas von der sechzehnjährigen Countess, die du einmal warst.«

Virginia wurde still und nachdenklich.

»Was ist? Habe ich etwas Falsches gesagt?«

»Nein, es stimmt. Ich habe tatsächlich noch etwas von der sechzehnjährigen Countess, die ich einmal war.«

»Ja? Was denn? Was ist es?«

Mit einer langsamen Bewegung öffnete sie ihre Handtasche und zog es hervor.

»Du hast ... Du hattest es – Du hattest das *Royal Heart* die ganze Zeit bei dir?«

»So ist es.« Sie lachte. »Als Andenken. Charlie und ich haben beschlossen, es als Andenken zu behalten. Viele Jahre lag es in einer Schublade.«

»Dieses kostbare Schmuckstück lag in einer Schublade?« Timmy war so verblüfft, dass er gefährlich nahe an den Straßenrand geriet.

»Kostbar? Ich weiß nicht. Ziemlich schwer ist der Klunker vor allem, schrecklich schwer. Ich weiß wirklich nicht, wieso ich ihn hierher mitgeschleppt habe.«

»Es ist immerhin das *Royal Heart.*«

»Mag sein.« Virginia schaute aus dem offenen Fenster. »Andererseits sieht es für mich so aus, als ob das *Herz des Königs* gute aerodynamische Eigenschaften hätte.«

»Aerodynamisch? Was willst du damit sagen?«

Virginia betrachtete das Wasser auf beiden Seiten. »Die Flut steigt ziemlich schnell. Wir müssen uns beeilen.«

»Ich fahre, so rasch ich kann.«

»Na dann«, sagte Virginia. »Dann will ich mal sehen, wie weit so ein königliches Herz wohl fliegen kann.«

»Nana!«, schrie Timmy und trat auf die Bremse. Der Vauxhall schlingerte und stand.

Der gelbe Diamant flog in die Luft empor. Die goldene Kette kräuselte sich im Flug. Für einen Moment sah es aus, als ob der Stein in der Höhe stehen bleiben würde, doch dann senkte er sich plötzlich und stürzte rasend schnell auf das graue Wasser zu. Nur ein leises *Plopp* war zu hören, als das *Royal Heart* die Wasseroberfläche durchbrach, kaum lauter als ein Kieselstein.

»Nana, was hast du getan!«

»Fahr nur, Timmy. Es ist in Ordnung so. Fahr zu, mein Lieber. Denn du weißt ja: Die Flut wartet auf niemanden.«

Virginia lehnte sich zurück und schloss die Augen.

LESEPROBE

Michelle Marly
White Christmas
Das Lied der weißen Weihnacht
Roman
RL

»Happy Holiday«

New York City, Lower East Side
Dezember 1900

Prolog

Dichtes Schneegestöber trieb vom East River über Manhattan Island, angefacht von einem eisigen Wind, der die Eiskristalle wie ein Blasebalg vor sich hertrieb. Die Flocken landeten auf den Fenstersimsen der mehrstöckigen Backsteinhäuser, auf den Vordächern und Markisen der Läden und Lokale wie Puderzucker auf Zimtplätzchen, sie sammelten sich in den Hutkrempen der Passanten und blieben auf den Rücken der Kutschpferde als zarte weiße Decke liegen. Leider begruben sie auch die Stapel der Zeitungen, die der zwölfjährige Izzy an der Canal Street Ecke Bowery zu verkaufen versuchte, wie unter einem nassen Mantel – und kein Mensch wollte das *New York Evening Journal* mit feuchten Seiten lesen.

Je dichter das Schneetreiben wurde, desto weniger schienen die Abendnachrichten zu interessieren. Obwohl Izzy an einer sonst belebten Kreuzung stand, kehrte eine gewisse vorweihnachtliche Ruhe ein. Die Laternen waren längst aufgeflammt und warfen gelbe Lichtkreise auf die Spuren auf dem Bürgersteig, die zu verwehen begannen, der Verkehr der Fuhrwerke und Automobile ließ nach.

Um diese Zeit füllten sich die Bars, Restaurants, Varietés und Nachtclubs, und der Junge wünschte, mit seiner Tasche in eines der Etablissements gehen und dort die Zeitungen verkaufen zu dürfen. Doch er wusste, dass ihn die Kellner am Schlafittchen packen und hinauswerfen würden, wenn er nur einen Fuß hinter die Eingangstür setzte.

Dabei wäre er so gern einer von ihnen. Jedenfalls einer von denen, die Getränke und Mahlzeiten mit einem Lied auf den Lippen servierten. Die singenden Kellner waren die Stars der Gegend, junge Männer mit einem Haufen Trinkgeld in den Taschen. Die Münzen klimperten sicher nur so. Izzy hatte bereits erlebt, dass eine laute, musikalische Stimme etwas wert war, selbst wenn es sich – wie bei ihm – um einen schrillen Tenor handelte. An einem verkauften *Journal* verdiente er einen halben Cent, aber wenn er einen Schlager intonierte, den er auf der Straße aufgeschnappt hatte, oder die Schlagzeilen in einen Liedtext verwandelte und zu einer Melodie schmetterte, die ihm gerade einfiel, wurden die Käufer spendabel. Dank seinem Talent nahm er meist ein paar Pennys mehr ein. Das hatte ihn auf die Idee gebracht, ein singender Kellner zu werden. Denn Izzy wollte nichts so sehr, wie eines Tages ein reicher Mann sein. Oder zumindest das, was er dafür hielt. Wirklich wohlhabende Gentlemen hatte er noch nie gesehen, die mischten sich nicht unter die hauptsächlich von armen Einwanderern bewohnte Lower East Side. Die 5th Avenue etwa, die *Straße der Millionäre* genannt wurde, kannte der Junge nur aus den Meldungen in der Zeitung, die Upper East Side Manhattans war von seinem Leben so weit entfernt wie der Mond, der sich heute hinter den dichten Wolken verbarg, die so weiß vor dem sich verdunkelnden Himmel schimmerten wie der Schnee, der auf dem sonst ziemlich schmutzigen Pflaster liegen blieb.

Langsam begann die klirrende Winterkälte durch Izzys Kleidung zu kriechen. Seine Mutter hatte ihn mit einem Mantel aus Walkstoff versorgt, den sie als Hebammenlohn für die Geburtshilfe eines gesunden Zwillingspärchens erhalten hatte. Es war ein guter Mantel. Er war nicht neu, aber von guter Qualität und schützte Izzy in der Regel vor Regen, Wind und Kälte; dennoch war er nicht dafür gemacht, über mehrere Stunden böiges Schneetreiben abzuhalten. Frierend trat der Junge von einem Bein auf das andere, Feuchtigkeit drang dabei in seinen Schnürstiefel, dort, wo die Sohle ein Loch hatte, das von seinem fürsorglichen *Mamele* mit Zeitungspapier ausgestopft worden war. Das war inzwischen wohl durchweicht.

Er bemerkte eine Gruppe Männer und Frauen, die sich der Straßenkreuzung näherten. Sie hielten sich untergehakt und taumelten ein bisschen, was jedoch vielleicht weniger an dem Alkohol, den sie zu sich genommen haben mochten, als vielmehr daran lag, dass sie versuchten, nicht auszurutschen. Sie schwankten wie Seeleute an Land und wirkten, als wären sie auf dem Weg in ein Lokal. Izzy verkaufte seit seinem achten Lebensjahr Zeitungen und hatte inzwischen einen Blick für die Menschen in der Gegend. Wenn er richtig lag, war der eine oder andere dieser Partygänger für die Neuigkeiten im *New York Evening Journal* empfänglich. Und statt die Schlagzeilen auszurufen, wäre es bestimmt einnehmender, etwas zu singen. Vor allem, wenn die Pärchen doch schon angetrunken sein sollten.

Zum Wetter und der Jahreszeit passte natürlich am besten ein Weihnachtslied. Izzy sang gern christliche Musikstücke. Sein Vater würde ihm allerdings den Hals umdrehen, wenn er es hörte. Moses Baline war zu Hause in Russland der angesehene Kantor des Schtetls gewesen, in der Emigration hatte er es jedoch in den vergangenen sieben Jahren nur zum Fleischbeschauer in einer koscheren Schlachterei gebracht. Die frommen Gesänge wurden trotzdem an jedem Freitagabend angestimmt, wenn sich die Eltern mit den sechs Geschwistern zur Sabbatfeier versammelten. Izzy indes hatte Freunde, die aus Irland eingewandert waren, keine Juden wie er, sondern Katholiken. Wenn er die O'Hara-Söhne besuchte, war er stets fasziniert von dem Christbaum, den die Familie in diesen Tagen aufstellte und mit Kerzen und bunten Papiersternen schmückte. Darüber hinaus begeisterten ihn die Weihnachtslieder, die ihm seine Freunde beibrachten: »Silent Night« und »Auld Lang Syne« oder »Twelve Days of Christmas«.

Für diesen Moment passte wohl jedoch eine schmissige Melodie besser. Die gab es auch in dem Repertoire, das er bei den Iren aufgeschnappt hatte. Glücklicherweise besaß er ein gutes Gehör und ein noch besseres Gedächtnis, denn Noten lesen konnte er nicht. Er spitzte den Mund und begann die Verse von »Jingle Bells« zu pfeifen, bevor er den Text des Refrains schließlich a cappella schmetterte. Obwohl in seinem Elternhaus nach wie vor nur Jiddisch gesprochen wurde, flossen die englischen Worte mühelos über seine Lippen:

»Jingle bells, jingle bells,
jingle all the way ...«

Am Ende des Songs klirrten einige Pennys mehr in seiner Tasche, und Izzy war überzeugt, dass er eine glorreiche Zukunft als singender Kellner vor sich hatte. Er musste nur noch alt genug werden, um eine Anstellung in einem der Lokale zu finden. Als Bedienung würde er ausgesorgt haben – und dabei spielte keine Rolle, dass die Bars und Restaurants in seinem Viertel, dem Bowery, eigentlich nur Spelunken waren.

»There's No Business Like Show Business«

Beverly Hills
Dezember 1937

Kapitel 1

Das Schwimmbad des Beverly Hills Hotels befand sich in einem terrassenförmig angelegten Garten hinter einer dichten Mauer aus Orangen- und Zitronenbäumen, Bougainvilleen und Hibiskus. Trotz der üppigen Bepflanzung lag der Poolbereich im Sonnenlicht, so dass die wärmenden Strahlen das Wasser erreichten, die Liegestühle und Sitzgruppen standen jedoch meist unter weißen Sonnenschirmen im Schatten. Die Kellner servierten nicht nur im Trockenen, wo Herren und Damen in Sommerkleidung plauderten, sondern auf Wunsch auch den Herrschaften im Schwimmbecken, die sich trotz des an diesem Tag herrschenden kühlen Winds ins Nasse gewagt hatten. Harmlos wirkende Cocktails, deren Anteil an Gin und Curaçao-Likör für innere Hitze sorgte, oder wie Herbstblätter schimmernde Kreationen auf Whiskey- und Wermut-Basis, die mit Maraschinokirschen und kleinen Sonnenschirmen aus Papier geschmückt waren, wurden in Glasschalen an lachende Lippen geführt. Es wurde viel herumgealbert, die Gäste waren berauscht vom Alkohol, vielleicht aber auch von dem herrlichen goldenen Licht, das diese Stadt für Filmschaffende so anziehend machte – oder sie waren begeistert von der Ferienstimmung, die sich angesichts der Szenerie unweigerlich einstellte. An das bevorstehende Weihnachtsfest erinnerte jedoch nichts.

Er mochte dieses oberflächliche Leben nicht. Obwohl er es versucht hatte, war es ihm nie gelungen, in Kalifornien Fuß zu fassen. Mehrmals hatte er sich hier eingerichtet und dann doch alles wieder aufgegeben, um nach Hause, nach New York, zurückzukehren. Inzwischen war ihm mit aller Deutlichkeit klar geworden, dass er an der Ostküste Wurzeln geschlagen hatte und sich daran nichts mehr ändern würde. Wie ein Nomade wohnte er deshalb in einem Hotel, wenn er in Hollywood arbeiten musste.

»Izzy!«

Er umrundete ein Pärchen in heller Sommergarderobe und trat auf den Tisch zu, an dem der Herr saß, der ihn gerufen hatte.

Joseph Schenck war fast sechzig, nicht besonders attraktiv und auch nicht besonders elegant angezogen, ein liebenswerter, humorvoller Mensch, obgleich ein harter Geschäftsmann, der aus jedem Knopfloch seiner legeren Jacke die Macht ausstrahlte, die er in Hollywood besaß. Der einflussreiche Präsident der Filmgesellschaft Twentieth Century-Fox stand auf, um ihm herzlich die Hand zu schütteln.

»Gut, dich zu sehen, Izzy!«

»Du bist der einzige Mensch, dem ich erlaube, mich noch Izzy zu nennen. Und, Joe, wir haben uns erst gestern im Studio gesehen.«

»Betrachte es als Reminiszenz an unsere gemeinsame Jugend in der Lower East Side«, erwiderte der Tycoon, während er sich in seinen Korbsessel zurückfallen ließ. »Wer hätte damals gedacht, dass aus dem singenden Zeitungsverkäufer der beste und erfolgreichste Songwriter Amerikas werden würde?«

»Du vergisst Gershwin, Jerome Kern und Cole Porter …« Er zuckte mit den Achseln und fügte in einem bescheidenen Ton hinzu, der seine Worte Lügen strafte: »Aber vielleicht hast du recht.«

Er war eine einnehmende, mittelgroße Person, zwar immer ein bisschen nervös, aber attraktiv. Sein Haar war auch mit neunundvierzig Jahren noch so lackschwarz wie das des hoffnungsfrohen Jungen von einst, sein olivfarbener Teint und seine dunklen Augen unter den dichten Brauen verliehen ihm eine geheimnisvolle, sinnliche Aura. Am deutlichsten erinnerte aber wohl sein Talent noch an die alten Zeiten, als Joseph Schenck sein bester Freund wurde. Vieles war seitdem anders geworden: Seine Kleidung stammte aus der Savile Row in London und nicht mehr aus zweiter Hand, und sein Name war ein anderer und inzwischen weltberühmt: Aus Israel »Izzy« Baline war Irving Berlin geworden, und als er sich jetzt an dem Gartentisch niederließ, an dem sein Freund auf ihn gewartet hatte, wirkte er wie der Inbegriff eines Gentleman.

Der Kleine mit der schrillen Tenorstimme war tatsächlich ein singender Kellner geworden. Damals war er vierzehn. Nachdem ein Musikverleger aus der Tin Pan Alley nur wenige Jahre später im Pelham Café in Chinatown auf ihn aufmerksam geworden war, begann eine unvorstellbar erfolgreiche Zeit für ihn. Irving Berlin war der erste Komponist und Textdichter, der allein die Musik für eine ganze Broadwayrevue schrieb, er steuerte die Melodien zum ersten Tonfilm der Geschichte bei, und er war der erste Unterhaltungsmusiker, dessen Lebenswerk die Inspiration zu einem Spielfilm war. Letztlich waren große Teile der Handlung fiktiv, doch der Hauptdarsteller Tyron Power sah ihm nicht unähnlich, und der Titel des von Schenck produzierten Streifens – »Alexander's Ragtime Band« – erinnerte an Izzys ersten großen Hit. Die Dreharbeiten hatten ihn kürzlich von New York nach Los Angeles geführt, zu seinem größten Verdruss war seine Anwesenheit ausgerechnet über die Weihnachtsfeiertage für die Musikaufnahmen nötig. Eine Jahreszeit, die er eigentlich lieber zu Hause an der Ostküste verbrachte – auch eine Reminiszenz, wie Schenck es nannte. Doch bei mehr als zwanzig Nummern aus seiner Feder stand außer Zweifel, dass der Songwriter auf seine privaten Vorlieben verzichten musste.

Ein Kellner eilte herbei und fragte nach seinen Wünschen. Irving, der seine Herkunft und Anfänge nie vergaß, verwickelte den jungen Mann in ein freundliches Gespräch, bevor er sich einen Kaffee bestellte. Als der Hotelangestellte verschwunden war, zog er sein Etui und Feuerzeug hervor und steckte sich eine Zigarette an. Nach dem ersten Zug erkundigte er sich: »Joe, was tust du hier?«

»Als ich dich gestern sah, hatte ich den Eindruck, dass dir etwas frische Luft guttun würde«, erklärte Joseph Schenck unumwunden. »Du bist ein bisschen bleich, Izzy. Wahrscheinlich siehst du nichts anderes als dein Hotelzimmer und das Studio. Aber das Leben besteht nicht nur aus Arbeit – du solltest auch die kalifornische Sonne genießen. Deshalb bin ich hier. Ich wollte dich einfach mal kurz rausholen – und das ist mir ja auch gelungen.«

»Ich bin hier, um zu arbeiten, nicht, um Ferien zu machen.«

»Wann arbeitest du nicht?« Mit einem nachsichtigen Lächeln lehnte sich Schenck in seinem Sessel zurück. »Ich kenne niemanden, der so wenig Schlaf braucht und ständig dermaßen unter Strom steht wie du.«

Genervt verdrehte Irving die Augen. Vor dem leuchtend blauen, wolkenlosen Himmel hoben sich die schmalen Stämme der hohen sogenannten Washington-Palmen wie Bleistifte ab, die etwas mit den grünen Wedeln an das Firmament schrieben. Einen Gruß vielleicht, den der Westwind weitertragen könnte. Zwischen seinem Zuhause in New York und seinem Arbeitsplatz in Los Angeles lagen nicht nur zweitausendachthundert Meilen, sondern ganze Welten. Natürlich schlürfte kein Mensch in Manhattan einen Tag vor Heiligabend ausgelassen Drinks an einem Pool. Es legte dort auch niemand während der Arbeitszeit einfach mal eine Pause ein, um den Tag zu genießen. Irving stieß einen tiefen Seufzer aus.

»Worüber machst du dir Sorgen?«, unterbrach Schenck seine Gedanken. »Ich muss mir Sorgen machen, wenn mein Komponist nicht bei bester Gesundheit und Laune ist. ›Alexander's Ragtime Band‹ ist mein teuerster Film des Jahres.«

»Danke.« Irving lächelte dem Kellner verbindlich zu, der seinen Kaffee servierte. Nachdem sich der junge Mann entfernt hatte, beugte Irving sich vor, als wollte er seinem Freund ein Geheimnis verraten; sein Getränk ließ er unbeachtet stehen. »Joe, ich will an den Broadway zurück. Meine letzten Erfolge dort sind schon viel zu lange her, ich habe alles für Hollywood zurückgestellt, aber die

Filmmusicals füllen mich nicht aus.« Als er Schencks vor Erstaunen hochgezogene Augenbrauen sah, fügte er rasch hinzu: »Das hat nichts mit meiner Arbeit im Studio zu tun, du bekommst meine volle Aufmerksamkeit, aber darüber hinaus schreibe ich eine neue Revue.«

»Hm«, machte Schenck wenig begeistert.

»Es soll etwas Neues werden, etwas ganz Besonderes. Statt der üblichen zwei Akte schweben mir drei vor, die in sich jeweils eine eigene Geschichte erzählen, etwas aus der Gegenwart, Vergangenheit und Zukunft. Eine Revue von heute, gestern und morgen wäre mal etwas wirklich Modernes, verstehst du?«

»Tatsächlich?«

Irving bemerkte die Skepsis seines Freundes nur am Rande, er war nun ganz in seinem Metier, redete, plante, skizzierte, setzte in seinen Gedanken die Bruchstücke von Texten und Musikfolgen zusammen, erzählte von seinem Skript. Seine Hände schwirrten durch die Luft, der Kaffee wurde kalt.

»Für die Gegenwartshandlung brauche ich noch ein Weihnachtslied, darüber denke ich gerade nach.« Er stockte, dann gestand er mit einer Geste, die den Garten des Beverly Hills Hotels umfasste: »Aber die Stimmung hier bringt mich nicht weiter.«

Schweigen senkte sich über die beiden Männer. Von den anderen Tischen wehten Gesprächsfetzen, Gläserklirren und Lachen herüber.

Nach einer Weile nickte Schenck. »Du vermisst nicht den Broadway, sondern deine Familie«, stellte er fest.

»Vielleicht … ja«, gab Irving zu. »Weihnachten ist ein Datum, das für mich eine große Bedeutung hat.«

»Sagt der Sohn eines jüdischen Kantors«, gab Schenck lakonisch zurück. Er lächelte Irving aufmunternd zu. »Ich möchte dich übrigens zum Essen einladen. An Weihnachten bist du bei mir.« Er machte eine deutliche Handbewegung: »Und keine Widerrede: Ich zähle auf dich.«

Irving hatte damit gerechnet, sich den Room Service kommen zu lassen und in seiner Suite ein einsames Weihnachtsessen zu sich zu nehmen, da er keinen aufdringlich bunten kalifornischen Heiligabend im Hotelrestaurant zu feiern beabsichtigte. Er blickte Joseph Schenck an und nickte. »Natürlich komme ich. Danke für die Einladung.« Er lächelte still in sich hinein. »Du weißt doch, dass ich eine Schwäche für Dinnerpartys habe.« Und in seinen Gedanken wanderte er nicht nur nach New York, sondern dreizehn Jahre zurück.

»Puttin' on the Ritz«

New York City
Mai 1924

Kapitel 2

Ellin Mackay schnitt ihrem Spiegelbild eine Grimasse. Sie musste irgendetwas tun, um den gelangweilten Ausdruck in ihrem Gesicht zu kaschieren. Ein wenig mehr Rouge reichte da nicht und wirkte an ihr sowieso nur lächerlich. Wenn sie ihre Mundwinkel zu einem Lächeln hochzog, erreichte die Fröhlichkeit jedoch nicht ihre Augen.

Mit ihren einundzwanzig Jahren war Ellin eine der begehrtesten Frauen der Stadt. Sie war eine der reichsten Erbinnen, und ihr familiärer Hintergrund war nicht nur irisch-katholisch, es floss dank ihrer Mutter auch das blaue Blut britischen Adels in ihren Adern. Bedauerlicherweise hatte sie nicht die Schönheit ihrer Mutter geerbt, sondern ähnelte mit ihrem blassen Teint, den gesunden Apfelbäckchen und dem bei einem bestimmten Lichteinfall rötlich schimmernden, goldblonden Haar eher ihrem Vater; auch trug sie keinen modischen Bubikopf, sondern eine halblange, lockige Frisur. Sie war nicht hässlich, aber ihre bodenständige Attraktivität ließ eher an eine zupackende junge Frau vom Land denken – und nicht an ein Mitglied der High Society. Daran änderten die teuren Kleider und Hüte, die sie trug, nur wenig, wobei sie auch nicht so aussehen wollte wie die austauschbaren Dollarprinzessinnen ihrer Umgebung, die alle auf der Suche nach einem Frosch waren, der sich in einen König verwandelte.

Hinzu kam, dass ihr die immer gleichen Bälle, Theaterpremieren, Dinnerpartys und Nachtclubbesuche mit den ebenso gleichen Gästen und Begleitern allmählich auf die Nerven gingen. Ihre Familie und ihre Freunde erwarteten von ihr, dass auch sie endlich einen jungen Mann mit adäquatem Lebenslauf und entsprechenden Einnahmen zum Heiraten fand. Doch im Grunde ihres Herzens wollte sie selbstständig sein – und nichts anderes so sehr wie schreiben. Sie wollte Schriftstellerin werden, nicht die Ehefrau eines wohlhabenden Mannes, die dasselbe Leben führte, wie sie es schon seit ihrer Zeit als Debütantin tat, mit dem einzigen Unterschied, dass sie dann einen eigenen Haushalt und Kinder hätte.

Als sie sich im vorigen Jahr auf einer Reise durch Europa befand, fasste sie zwar durchaus eine gewisse Neigung zu Ian Campbell, dem künftigen Herzog von Argyll, der stets gut gelaunt und zu Späßen aufgelegt war, aber leider zu viel trank und mit riskanten Einsätzen spielte. Als verlässlicher Ehemann kam er für sie nicht infrage. Da sie aber keine alte Jungfer zu werden beabsichtigte, erwog sie derzeit die Verlobung mit einem Diplomaten aus Washington, der zumindest so nett zu sein schien, dass sie hoffte, er würde ihr gewisse Freiheiten erlauben, selbst wenn er in allen anderen Dingen durch und durch den Vorstellungen ihres Vaters entsprach.

Ellin hatte die Einladung zu dem Essen heute Abend angenommen, weil die Gäste unterhaltsamer zu sein versprachen als viele andere Mitglieder der High Society. Frances Wellman, eine der Gesellschaftsköniginnen New Yorks, versammelte einen illustren kleinen Kreis von Künstlern um sich, was derzeit in Manhattan und auf Long Island in Mode war. Acht Personen nur, zu denen Alice Duer Miller gehörte, eine Cousine von Ellins Mutter und überdies eine bekannte Autorin und Frauenrechtlerin, nebst wohlhabendem Gatten sowie Cole Porter mit seiner Frau Linda, die eine alte Freundin von Ellins Familie war. Man kannte sich von den Sommern auf Long Island, denn Cole Porter war nicht nur ein brillanter Komponist, sondern ebenfalls ein Millionärserbe. Insofern blieb man zwar letztlich doch unter sich, die Gesprächsthemen versprachen interessanter als der übliche Klatsch zu sein.

Ihr Problem war, dass sich ihr kurzfristig eingeladener Tischherr verspätete. Ihre Gastgeberin hatte Ellin zwar versichert, dass sie in letzter Minute noch einen wunderbaren Ersatz für den Mann gefunden hatte, der – wer immer es war – hatte absagen müssen. Doch diese Aushilfe erwies sich als unpünktlich und damit als unhöflich. Beides verdarb Ellin die Laune, denn zwischen den geladenen Ehepaaren fühlte sie sich wie das fünfte Rad am Wagen. Diese Situation führte ihr wieder einmal vor Augen, wie dringend sie wenigstens einen offiziellen Verlobten als Begleitung brauchte – und eben diese Erkenntnis frustrierte sie genauso wie die üblichen albernen Tischgespräche, vor denen sie sich heute eigentlich bewahrt gefühlt hatte. Es war also gleichgültig, was sie tat, am Ende lief immer alles auf dasselbe Thema hinaus.